Wieland Freund
Nemi und der Hehmann

Mit Bildern von
Hanna Jung

Nemi und der Hehmann

WIELAND
FREUND

BELTZ
& Gelberg

ERSTER
TAG

Nemi war es allmählich leid, neben ihrer Schwester auf der Bank zu sitzen und auf den Bus zu warten. Sie wäre die zwei Stationen lieber zu Fuß gegangen. Ein paarmal hatte sie einen Blick auf das Handy geworfen, das ihre Schwester pausenlos anstarrte, aber meist warf der Bildschirm nur das Sonnenlicht zurück, als wollte er es nicht haben. Und wenn Nemi den Hals ein wenig reckte, sah sie sich im schwarzen Spiegel des Bildschirms bloß selbst. Und was für einen Zweck sollte es haben, sich selber zu sehen?

Nemi überlegte schon, ob sie aufstehen solle und den Löwenzahn betrachten, der wundersamerweise aus dem Rinnstein wuchs, als in ihrem Rücken – hinter der Bushaltestelle, im Wald – plötzlich ein Rufen laut wurde.

»Heh!«, rief es.

»Heh!«, rief es aus dem Wald.

Nemi war schon auf den Beinen. Ihre Schwester bemerkte es nicht.

Nemi trat in den Wald. Er begann gleich an der Straße. Der Bus fuhr einmal drum herum, aber ein Trampelpfad führte mitten hindurch. Es war kein großer Wald – nur was an Bäumen und Sträuchern und allerlei Kraut zwischen ihrer Siedlung und der Hauptstraße wuchs. Es war allerdings auch kein kleiner Wald. Es passten eine Menge Bäume hinein und wer weiß, was sonst noch alles.

»Heh!«, rief es wieder.

»Heh!«, rief es aus dem Wald.

Nemi spitzte die Ohren. Sie stand jetzt auf dem Trampelpfad, auf dem weichen, federnden Boden. Als sie weiterging – den Rufen nach, wie sie meinte –, wippte der Rucksack auf ihrem Rücken, und die Schulsachen darin klapperten ein bisschen, vor allem die Federmappe und der Farbkasten mit den Pinseln.

»Heh!«, rief es.

»Heh!«

Aber diesmal schienen die Rufe schwächer zu werden oder vielleicht kamen sie auch aus einer anderen Richtung. Sie waren, schien es Nemi, wie ein unsteter Wind.

»Heh!«, kam es von dort.

»Heh!«, kam es von da.

Es hehte von vorn.

Und es hehte von der Seite.

Es hehte wieder von vorn.

Nemi ging weiter, Schritt für Schritt. Sie klemmte die Daumen hinter die Rucksackgurte. Das Sonnenlicht rieselte auf sie herab. Es tropfte durch die Baumwipfel hoch über ihr. Es sprenkelte den torfigen Pfad und rann warm über ihre Wangen und ihre Stirn.

Ein Schmetterling trudelte vorbei, hellgelb, in halber Höhe.

»Ein Zitronenfalter«, sagte Nemi leise. Sie sagte es, wie man jemandes Namen sagt, wenn man ihn auf der Straße erkennt.

Der Zitronenfalter verschwand zwischen den Bäumen am Wegesrand. In einem Wipfel darüber raschelte es. Ein kleiner Zweig brach und fiel kaum hörbar zu Boden, aber Nemi hörte es doch.

»Heh!«

Jetzt war das Rufen kaum lauter als eben der Zweig. Es kam aus ungewisser Richtung, aber Nemi folgte unverdrossen dem Pfad. Wie kommt es eigentlich, dachte sie, während sie einen Fuß vor den anderen setzte, dass immer die Wege entscheiden, wohin man geht? Aber dieser Gedanke kam bloß wie der Falter vorbei, schlug ein paarmal mit den Flügeln und war dann, wie der Schmetterling, zwischen den Bäumen verschwunden.

Nach einer Weile – schwer zu sagen, wie lang – sah Nemi durchs Unterholz die kleine Waldkapelle. Sie war schon oft dort gewesen, allerdings immer von der Straße aus. Von hinten, aus dem Wald, war sie noch nie hergekommen.

Nemi verließ den Pfad. Sträucher streiften ihre Hüfte. Gräser kitzelten sie an der Wade. Trockenes Laub raschelte unter ihren Sohlen. Dann ragte vor ihr die rote Backsteinwand der Waldkapelle auf. Darüber der Dachfirst und im Dachfirst ein großes, schillerndes Spinnennetz.

Nemi umrundete die Kapelle. Sie hatte die Heh-Rufe jetzt schon eine Weile nicht mehr gehört.

Vor der Kapelle wuchs eine große Eiche, die ihren Schatten wie einen Teppich vor die Kapellentür warf. Unter der Eiche stand eine Bank. Und auf der Bank saß eine alte Frau. Sie hatte ihr langes, weißes Haar zu einem Zopf geflochten, die Füße in den schweren Wanderschuhen gekreuzt und sah in den Wipfel der Eiche hinauf. War sie es etwa, die »Heh« gerufen hatte?

»Heh!«

Da war das Rufen wieder. Es kam ganz gewiss aus dem Wald. Nemi sah, wie die alte Frau den Kopf in ihre Richtung drehte, und verschwand schnell wieder hinter der Kapelle.

Diesmal folgte sie nicht dem Pfad. Sie lief einfach zwischen den Bäumen hindurch, querwaldein, den Rufen nach. Manchmal klangen sie wie der Wind, der in den Bäumen flüsterte. Manchmal wie ein Vogel, der in der Ferne sang. Und manchmal klangen sie wie ein trockener Zweig, der unter Nemis Füßen knackte.

Das Unterholz wurde dichter. Sträucher machten sich zwischen den Bäumen breit. Junge Bäume fingerten ins Licht. Eine Buche war umgestürzt, und gerade als Nemi über ihren glatten, ins trockene Laub gebetteten Stamm steigen wollte, sah sie das sonderbare Gesicht, das über den Baumstamm lugte.

Eigentlich sah sie zuerst den seltsamen Hut. Er war wie die Kappe eines Pilzes geformt und hatte dieselbe Farbe wie die Buchenrinde, Grau mit einem Anflug Grün oder Grün mit einem Stich Grau darin. Der Hut hatte eine breite Krempe, an den Rändern gezackt wie ein Blatt, und unter der Krempe funkelten zwei helle Augen wie schnelles Wasser in einem sonnenbeschienenen Bach. Unter den Augen wiederum rauschte von den Wangen bis zum Kinn ein Bart.

Er rauschte tatsächlich, so als wühlte der Wind darin, aber das war nicht einmal das Seltsamste. Denn der Bart war nicht aus Haaren, sondern aus Laub. Und dieses Laub – lichtgrün und rotbraun und alles dazwischen – schien rund und rund um das kleine Gesicht zu fließen. Natürlich war es möglich, dass Nemi sich täuschte. Allerdings täuschte sich Nemi nicht oft, und nachdem sie entschieden hatte, dass sie gerade keinen dicht belaubten jungen Zweig und auch keinen Baumpilz sah, traute sie ihren Augen: Hinter dem umgestürzten Stamm verbarg sich ein sehr kleiner Mann, dem wie einem Baum Blätter wuchsen, und zwar rund um den Mund, der sich jetzt öffnete, um leise und ziemlich überrascht »Heh« zu flüstern.

»Tja«, sagte Nemi und ging in die Knie, um nicht auf den kleinen Mann hinabzusehen. »Ich glaube, du hast mich gerufen.«

Es kam ihr jetzt, wo sie kniete, vor, als wäre der kleine Mann doch ein Stück größer. Auf jeden Fall ragten jetzt auch seine Schultern und sein Bauch über den umgestürzten Stamm. Sie schienen von allerlei Ranken bewachsen, von Efeu vielleicht oder von Mispeln, aber darunter schien er in Rinde gekleidet. Vielleicht war die Rinde auch seine Haut.

14

»Hast du mich etwa gehört?«, sagte der kleine Mann. »Nein, nein.« Er schüttelte den Kopf und einige trockene Blätter rieselten aus seinem lebendigen Bart. »Mich hört schon lange niemand mehr. Ich täusche mich.« Jetzt war sein Bauch nicht mehr zu sehen. Er stützte das dicht belaubte Kinn auf den Stamm der umgestürzten Buche. In seinen Augen zogen dunkle Wolken auf.

»Doch«, sagte Nemi, die keine Irrtümer mochte. »Ich höre dich schon eine ganze Weile.« Sie schnallte sich den Schulrucksack vom Rücken und stellte ihn ab. Er wurde ihr langsam schwer. Dann musterte sie den kleinen Mann genauer. Er sah wirklich höchst sonderbar aus. Nemi hatte nie etwas Ähnliches gesehen. Andererseits sah so vieles, ja eigentlich alles sonderbar aus. Wenn man etwas zum ersten Mal sah, war es doch ganz normal, sich zu wundern.

Wie es wohl gewesen war, fragte sich Nemi, während sie den kleinen Mann betrachtete, als sie ihren ersten Grashüpfer gesehen hatte? Ihren ersten aufflatternden Spatzen? Oder ihre komische große Schwester?

»Du rufst ›Heh!‹«, sagte Nemi zu dem kleinen Mann. »Man hört es im ganzen Wald. Man hört es sogar auf der Straße.«

»Nichts hört man«, sagte der kleine Mann verdrießlich. »Nur die Autos. Und diesen grässlichen Bus! Ich höre mich ja selbst kaum rufen! Ich höre mich selber nicht.« Er hob eine rindenbewachsene Hand mit zweigdünnen Fingern und schlug sich auf ein im Laub verborgenes Ohr.

»Ich bin Nemi«, sagte Nemi, um das klarzustellen. Und weil der kleine Mann sich offenbar nicht vorstellen mochte, sagte sie: »Und du musst wohl der Hehmann sein.«

Der Hehmann widersprach nicht. Er sah sie nur misstrauisch an. Vielleicht war er es nicht gewohnt, sich zwanglos zu unterhalten.

»Bestimmt«, sagte er, »gehst du bloß von einem Haus zum anderen. Bestimmt ist der Wald bloß der kürzeste Weg. Alle nehmen den kürzesten Weg. Sie machen sich keine Vorstellung, was sie verpassen. Wie grässlich.« Er schüttelte den kleinen Kopf. Aus seinem Bart rieselten trockene Blätter. »Oder du führst deinen Hund hier aus, weil man im Wald die Haufen nicht wegmachen muss.«

»Ich habe doch gar keinen Hund«, sagte Nemi. »Leider«, fügte sie hinzu, denn sie hätte gern einen Hund gehabt.

Der Hehmann reckte sich über den Buchenstamm, um nachzusehen. »Stimmt«, sagte er. »Nicht mal einen Hund hast du.«

»Ich bin gekommen, weil du mich gerufen hast«, sagte Nemi. »Ich habe auf den Bus gewartet und dann habe ich dich gehört. Also bin ich losgegangen. Und jetzt habe ich dich gefunden.«

»So?« Der Hehmann sah sie prüfend an. »Kannst du das beschwören?«

»Wenn du willst«, sagte Nemi.

»Irrtum ausgeschlossen?«, fragte der Hehmann.

Nemi kam es ausgesprochen merkwürdig vor, aber der Hehmann schien gerade zu wachsen. Eben noch hatte er knapp über den Stamm der umgestürzten Buche geragt. Jetzt reichte er ihr, wie sie da hockte, bis zur Schulter.

»Irrtum ausgeschlossen«, sagte sie.

Ein Flugzeug kündigte sich mit fernem Grollen an. Dann war es plötzlich brüllend über ihnen.

Der Hehmann fuhr herum. Plötzlich schüttelte er die Faust.

»Heh!«, schrie er in den pfeifenden Flugzeuglärm und presste sich dann die Hände an die verborgenen Ohren. »Aufhören! Aufhören! Heh!«

Plötzlich war der Hehmann viel, viel größer als Nemi. Drohend ragte er über ihr auf. Er war so groß wie ein Riese und das Laub an seinem Kinn rauschte wie ein Wasserfall. Trockene Blätter regneten auf Nemi, als wäre es Herbst und ein Sturm käme auf.

»Heh!«, rief der Hehmann und reckte die Arme bis zu den Wipfeln der Bäume, als wollte er das Flugzeug vom Himmel klauben. »Weg mit dir! Weg!« Seine Arme schwangen wie Äste im Sturm. Sein Schatten verdunkelte den Wald. Es wurde kälter, so als zöge ein Gewitter auf.

»Heh!«,

donnerte der Hehmann so laut, dass Nemi sich duckte. Sein Atem riss wie Sturmwind an ihrem Haar. Sie war drauf und dran, sich ernsthaft zu fürchten.

Aber der Hehmann beachtete sie gar nicht mehr. Groß wie ein Baum, begann er dem Flugzeug nachzulaufen, obwohl es schon fast verschwunden war. Nemi sah es nur noch einmal über den Baumkronen aufblitzen. Weit weg und taub für die Rufe des Hehmann.

Der Hehmann donnerte fäusteschwingend durch den Wald. Er streifte die Baumwipfel, als wären sie Sträucher. Er zog eine Fahne aus Blättern hinter sich her.

Doch mit jedem Schritt wurde er wieder kleiner, ohne dass Nemi hätte entscheiden können, wieso. Wurde er kleiner, weil er sich von ihr entfernte? Oder wurde er kleiner, weil ihn sein Mut und der Zorn verließen?

Nemi schnappte sich ihren Rucksack und rannte ihm nach. Sehen konnte sie den Hehmann nicht mehr. Sie hörte ihn nur noch rufen.

»Heh!«
»Heh!«

Die Rufe wurden immer leiser, zaghafter und schließlich verstummten sie ganz. Nemi hatte den Hehmann verloren. Atemlos erreichte sie den Waldrand. Hinter der letzten Baumreihe leuchtete das Bushäuschen auf. Die Sonne schien, als hätte der Zorn des Hehmann sie niemals verdunkelt. Nemi trat auf die Betonplatten des Bürgersteigs.

ZWEITER TAG

Nemi fuhr Bus. Dienstags kam sie viel früher aus der Schule als ihre Schwester.

Im Bus saß Nemi fast allein. Sie musste die ganze Zeit an den Hehmann denken. Sie hatte auch im Unterricht die meiste Zeit an den Hehmann gedacht. In Mathematik hatte sie sogar angefangen, ihn zu malen, groß und mittig auf einer vollen Seite ihres Mathehefts. Jetzt überdeckte er die Päckchen aus Plus- und Minusaufgaben und streckte seine buntstiftbraunen Zeigefinger nach dem Seitenrand aus. Nemi hatte auch die Blätter gemalt, die aus seinem Bart fielen. Und nachdem sie ihre Hausaufgaben notiert hatte, hatte sie noch ein dickes Heh! in ihr Aufgabenheft geschrieben.

Heh!, dachte Nemi, als der Bus an der Haltestelle hielt, wo sie den Hehmann zum ersten Mal gehört hatte. Aber heute rief er nicht nach ihr. Nemi hörte ihn auch nicht, als der Bus die Waldkapelle erreichte. Die Türen gingen auf, als hätte der Bus die Fahrt über die Luft angehalten und stieße sie jetzt erleichtert aus.

Nemi schlüpfte erst im letzten Augenblick nach draußen. Eigentlich hatte sie gar nicht aussteigen wollen, aber dann hatte sie plötzlich beschlossen, nach dem Hehmann zu sehen. Sie hatte auf einmal Angst, dass er nicht mehr da sein könnte.

Auf der Bank vor der Kapelle saß dieselbe alte Frau wie

gestern. Das weiße Haar hatte sie wieder zu einem Zopf geflochten. Sie trug auch wieder ihre Wanderschuhe.

Die alte Frau warf Nemi einen neugierigen Blick zu, aber Nemi tat so, als würde sie das nicht bemerken. Sie sprach nicht mit Fremden. Sie suchte den Hehmann.

Wo steckte er nur?

Durch wispernde Gräser ging Nemi an der Kapelle vorbei. Sie tauchte in den Wald ein. Sie wollte immer tiefer gehen. Oft legte sie im Vorübergehen die Hand auf einen Stamm. Dann spürte sie die kühle, feste Rinde einer Buche oder bettete ihre Finger in die aufgeworfene Borke einer alten Eiche. Eine Birke schälte sich unter ihren Händen, als wäre ihre Rinde aus Papier.

Nemi setzte den Rucksack ab und bettete das Stückchen Birkenhaut zwischen die Seiten ihres Mathehefts.
Und weil sie schon dabei war,
legte sie noch ein Birkenblatt
dazu. Es war geformt wie ein
Tropfen und an den Rändern
leicht gezackt. Die Oberseite
war glatt und die Unterseite ein
wenig pelzig, so wie aufgerauter
Stoff. Das Blatt war grün, aber es gab
andere, die sich langsam verfärbten. Nemi
fand ein gelbes, das aussah, als flössen grüne
Flüsse darin. Sie packte ihre Buntstifte aus und fing
an, es in ihr Matheheft zu malen, über die Plus- und
Minuspäckchen. Gegenüber tanzte der Hehmann über die
Seite.

Nemi malte und malte, und dabei kam es ihr vor, als wür-
den sich die Bäume über sie beugen, um zuzusehen. Sie
hörte viele Blätter rauschen, während sie ein einziges Blatt
malte, und dann fragte sie sich, wie es wohl wäre, würde sie
alle Blätter malen. Alle Blätter an einem Baum. Alle Blätter
in einem Wald. Sie würde alle Zeit der Welt dafür brauchen,
dachte Nemi, und kaum dass sie das gedacht hatte, lehnte

sie sich zufrieden zurück. Sie spürte den schmalen Stamm der Birke in ihrem Rücken. Sie roch die Erde, auf der sie saß. Sie hörte den Wind in den dünnen Zweigen der Birke rascheln und schloss die Augen. Gleich, dachte Nemi, würde sie den Hehmann sehen.

Nur einen Augenblick später tauchte er auf, über und über von Efeu bewachsen. Das Efeu wand sich um seinen Hals wie ein Schal. Es fiel wie ein Mantel über seinen Rücken. Er zog es wie eine Schleppe hinter sich her. Versunken streifte er unter den Bäumen umher, berührte diesen und jenen und murmelte dabei wie ein Bach, bis aus dem Murmeln Singsang wurde und dann ein richtiges Lied. Der Hehmann sang es, während er sich von Baum zu Baum treiben ließ. Nemi saß ganz still und lauschte.

Ich bin der Specht in eurer Höhle,
ich bin das Ei in eurem Nest,
ich bett mich hoch in eure Krone
und halte mich am Wipfel fest.

Ich bin das Eichhorn in den Ästen,
ich bin der Käfer tief im Mulm,
ich bin der Pilz an eurer Rinde,
an euren Wurzeln bin ich Wurm.

Ich esse Eicheln, Eckern, Zapfen,
ich bin die Raupe auf dem Blatt,
ihr seid mein Sicher, Warm und Trocken,
in eurem Schatten werd ich satt.

Ihr seid das Grün in meinen Augen,
ihr seid das Flüstern, das ich hör,
ihr seid der Duft in meiner Nase,
ihr seid die Borke, die ich spür.

29

Ich leg das Ohr an eure Stämme,
ich hör das Wasser, das ihr trinkt,
ich riech das Harz in euren Wunden,
ich seh den Ast, mit dem ihr winkt.

Ihr seid der Wind, wenn ihr euch windet,
ihr seid der Regen, wenn er pocht,
ihr seid der Sprenkelschein der Sonne
und der Spuk tief in der Nacht.

Ihr seid der Laut in weiter Ferne,
ihr seid der Zweig, der plötzlich kracht,
ihr seid der Sturm, der Blitz, das Feuer,
ihr seid der Wald und was er macht.

Ihr seid das Ganze, über allem,
ihr seid das Große, ich bin klein,
ihr seid, was nie, niemals verschwindet,
ihr werdet immer, immer sein.

Ich seh euch winzig, winzig keimen,
ich seh euch wachsen, hoch ins Licht,
ich seh euch brechen, fallen, faulen,
doch euch sterben seh ich nicht.

Ihr seid nicht einer, ihr seid alle,
ihr seid aus Erde, Wasser, Licht,
ihr nehmt's und gebt's dann allen wieder,
ihr seid die Bäume, ihr seid ich.

Das Lied war vorbei und Nemi war kein bisschen überrascht, den Hehmann vor sich stehen zu sehen. Er war genauso groß wie sie und trotz seines Rauschebarts wirkte er heute wie ein kleiner Junge.

»Heh!«, sagte der Hehmann leise.

Nemi setzte sich auf. »Das war ein schönes Lied«, sagte sie.

»Das ist ein schönes Bild«, sagte der Hehmann und zeigte mit dem Zweig eines Fingers auf das Birkenblatt, das Nemi gemalt hatte.

Nemi klappte das Matheheft zu und packte es ein. Es freute sie, dass der Hehmann ihr Bild mochte, aber darüber reden wollte sie nicht. Sie war noch nie in den Wald gegangen, um Blätter zu malen. Wahrscheinlich war es eine dumme Idee. Ihre große Schwester würde es ganz bestimmt für eine dumme Idee halten.

Der Hehmann sah ihr nachdenklich zu. »Warst du vielleicht schon mal da?«, fragte er schließlich und zupfte dabei an seinem Efeu-Schal. »Sind wir uns vielleicht schon mal begegnet?«

32

»Gestern«, sagte Nemi und nickte. Sie war ein bisschen beleidigt, dass der Hehmann sie vergessen hatte.

»Mir war doch so«, sagte der Hehmann. »Gestern«, sagte er dann. »Das war kein guter Tag, glaube ich.« Er rieb sich über das Gesicht. Das machte ein Geräusch wie knackende Zweige.

»Du bist zornig geworden«, erinnerte ihn Nemi. »Du hast dich über ein Flugzeug geärgert. Es war sehr laut.«

»So. Ja.« Es war nicht ganz klar, ob der Hehmann sich wirklich erinnerte. »Ich hätte nicht gedacht, dass du wiederkommst«, murmelte er dann in seinen rieselnden Bart. »Obwohl …« Er sah sie an. »Wer weiß? Heute ist schon den ganzen Tag ein besserer Tag als gestern.«

»So?«, sagte Nemi.

»Ja.« Die Augen des Hehmann blitzten wasserklar. »Sonst wäre mir doch das Lied von den Bäumen nicht wieder eingefallen.«

»Hattest du es vorher etwa vergessen?«, fragte Nemi.

Der Hehmann nickte betrübt. Es war wirklich schwer, etwas Verlässliches über seine Größe zu sagen. Schrumpfte er gerade?

»Hattest du das Lied vergessen?«, fragte Nemi. »Oder

33

hattest du bloß vergessen, es zu singen?« Das machte einen Unterschied, fand sie.

»Erst vergisst man zu singen und dann vergisst man das Lied«, sagte der Hehmann. »Erst denkt man nicht mehr dran und dann kann man nicht mehr dran denken. Das ist nicht nur mit Liedern so. Aber wenn es einem mit Liedern so geht, ist es natürlich besonders schlimm.« Er fasste sich an seinen pilzigen Hut, als würde der ihm sonst vom Kopf geweht.

»Was ist eigentlich ›Mulm‹?«, fragte Nemi.

Der Hehmann schaute sie mit großen Augen an. Jetzt sahen seine Augen wie ein Waldsee aus. Glatt und dunkel.

»Mulm«, sagte Nemi. »Das kam in deinem Lied vor. *Ich bin der Käfer tief im Mulm*, hast du gesungen.«

»Ach so.« Der Hehmann versuchte vergebens, seine Efeu-Schleppe zu ordnen. »Das ist das weiche, feuchte Holz der toten Bäume. Mulm wird es, wenn es zerfällt. Erst Baum, dann Holz, dann Mulm, dann Erde. Und aus der Erde wächst ein Baum.« Die Augen des Hehmann strahlten plötzlich. Licht auf dem Wasser des Sees.

»Verstehe«, sagte Nemi. »Davon handelt ja auch das Lied. Dass die Bäume immer wiederkehren.«

34

Der Hehmann nickte eifrig. »Rund und rund«, sagte er. »Alles geht, um zu bleiben«, sagte er. »Alles verschwindet, um wiederzukehren.« Dann sagte er: »Du hast noch nie Mulm gesehen, oder?«

Nemi schüttelte den Kopf. »Es gibt hier kaum tote Bäume.« Vielleicht, dachte sie, war das ja etwas Gutes.

»Sie räumen sie immer weg!«, rief der Hehmann plötzlich wutentbrannt. »Ständig räumen sie die toten Bäume weg! Wie sollen sie so wiederkommen?«

Nemi war
sich nicht sicher,
aber sie hatte den Ein-
druck, der Hehmann würde wieder wachsen. Auf jeden Fall stürmte es
in seinem Bart. Ganze Blätter wurden ihm
vom Kinn gerissen und trudelten davon.

»Mulm«, sagte Nemi schnell. Sie wollte den Hehmann
ablenken, damit er nicht wieder zornig wurde und bis in
den Himmel wuchs. »Warte, ich muss das aufschreiben.«
Sie zog das Aufgabenheft aus ihrem Rucksack, schlug es auf
und schrieb in großen Buchstaben MULM hinein.

Der Sturm im Bart des Hehmann flaute ab. Neugierig
schaute er in Nemis Aufgabenheft. »Hah!«, rief er. »Das
gefällt mir! MULM! Wir wollen das nicht vergessen. Hörst
du? Nicht vergessen! Nicht vergessen«, murmelte er. Er
fing wieder an, an seiner Efeu-Schleppe zu zupfen. »Bist du
sicher, dass du schon mal da warst?«, fragte er dann.

»Ganz sicher«, sagte Nemi. »Gestern.«

Der Hehmann nickte wie zur Bekräftigung. »Und ich
war auch da«, stellte er fest. Vollkommen sicher schien er
sich allerdings nicht zu sein. »Und gerade habe ich das Lied

von den Bäumen gesungen«, sagte er. »Ich hatte es vergessen und es ist mir wieder eingefallen.«

Nemi nickte ihm zu. »Genau so war es«, sagte sie.

»Leider«, sagte der Hehmann, »weißt du nicht, was Mulm ist. Das ist die schlechte Nachricht.«

»Jetzt weiß ich es ja«, sagte Nemi. »Du hast es mir doch verraten.«

»Aber du hast noch nie welchen gesehen!«, rief der Hehmann. »Du hast ihn nicht angefasst! Mulm muss man spüren!« Er breitete die Arme aus und ließ sie dann hilflos sinken. »Vielleicht ... vielleicht ... vielleicht ...«, fing er dann an.

»Ja?«, fragte Nemi. Sie war aufgestanden. Sie schulterte ihren Rucksack.

»Nein«, sagte der Hehmann und schüttelte heftig den Kopf. Allerlei Bröckchen rieselten aus seinem rauschenden Bart.

»Doch. Sag schon«, ermunterte ihn Nemi.

Der Hehmann gab sich einen Ruck. »Vielleicht«, sagte er, »könntest du wiederkommen«, sagte er. »Denn wenn du vielleicht wiederkommst, könnte ich dir vielleicht Mulm zeigen.«

»Klar«, sagte Nemi. »Ich wohne ja gleich da vorn. Es ist nur eine Station mit dem ...« Sie beschloss, den knatternden

Bus lieber nicht zu erwähnen. Der Hehmann schien immer nur einen Windstoß vom nächsten Wutanfall entfernt.

»Abgemacht«, rief der Hehmann. »Wenn du wiederkommst, zeige ich dir Mulm. Wenn du wiederkommst. Falls du wiederkommst …« Er warf ihr einen misstrauischen Blick zu. »Viele kommen nicht wieder«, sagte er dann verdrießlich. »Sie haben Besseres zu tun.« Er zuckte mit den Schultern und raschelte mit dem Efeu. »Immer sind sie auf dem Weg von dort nach da oder von da nach dort. Ich weiß nicht, ob sie da jemals ankommen. Oder dort. Hier sind sie jedenfalls so gut wie nie.«

»Ich schon«, sagte Nemi. »Morgen komm ich wieder. Gleich nach der Schule.«

»Morgen.« Der Hehmann legte sich den Efeu-Schal zurecht. »Dahin sind auch immer alle unterwegs. Können es gar nicht abwarten. Als wäre heute nicht erst gestern genauso morgen gewesen. Und als würde morgen nicht heute sein, wenn ihr dort ankommt.«

Nemi sah den Hehmann verwirrt an. Sie konnte kaum folgen. Morgen, heute, gestern … Vielleicht nahm sie besser wie beim Rechnen die Finger zu Hilfe und hielt die Tage fest.

»Wahrscheinlich habt ihr es deshalb immer so eilig«, brummte der Hehmann. »Weil immer heute ist und ihr immer nach morgen wollt. Ihr seid einfach immer einen Tag zu spät.« Er sah prüfend zu der Birke auf, an deren Stamm Nemi gelehnt hatte. Fast so, als fürchte er, Nemi habe der Birke irgendwie geschadet. »Mal sehen«, brummte er. »Mal sehen, was du tust, wenn morgen heute ist.«

DRITTER
TAG

Es regnete. Es hatte ewig nicht geregnet. Nemi wusste kaum noch, wie das war. Im Bus von der Schule saß sie hinter ihrer Schwester, presste die Stirn ans Fenster und sah durch die Schlieren hinaus. Das Asphaltband der Straße war heute fast schwarz. Das helle Grau des Bürgersteigs war einem dunklen Grau gewichen. Unterhalb der Bordsteinkante sammelte sich schmutziges Wasser. Die Regentropfen fielen wie kleine Steine hinein. Der Himmel war trüb und verwaschen, aber die Bäume links der Straße kamen Nemi grüner vor als gestern. Sie schienen sich zu strecken und größer zu machen. Ihre Blätter glänzten.

Nemis Schwester duckte sich und fluchte, als sie von der Haltestelle nach Hause liefen, aber Nemi reckte das Gesicht in den Regen. Sie fühlte ihn über ihr Gesicht rinnen und spürte die Kälte ihres nassen Hosensaums. Auf der Klinke des Gartentors zitterten drei säuberlich aufgereihte Tropfen. Gleich nach den Hausaufgaben wollte Nemi zum Hehmann gehen. Sie hatte es ihm versprochen.

Als Nemi später am Nachmittag die Waldkapelle erreichte, regnete es immer noch. Die alte Eiche vor der Waldkapelle war an der Wetterseite vor Nässe fast schwarz. Auf der Bank darunter stand das Wasser. Die alte Frau war trotzdem da. Heute machte sie sich in der Kapelle zu schaffen. Offenbar hatte sie einen Schlüssel für die große, grün gestrichene Tür mit den schmiedeeisernen Beschlägen. Vielleicht machte die alte Frau sauber oder tauschte drinnen die Kerzen aus.

Es gab einige alte Leute, die sich um die Kapelle kümmerten, einmal im Monat zum Gottesdienst kamen und zweimal im Jahr zu den Konzerten des Schulchors. Nemis große Schwester hatte an Weihnachten in der Waldkapelle gesungen. Es war das einzige Mal, dass Nemi in der Kapelle gewesen war. Sie hatte im Kerzenschein auf einer der glatt polierten Kirchenbänke gesessen und zugehört. Die Bänke waren vom vielen Sitzen so glatt. Die Kapelle war so klein, dass der Chor kaum in den Altarraum passte.

Gerade als Nemi an der offenen Kapellentür vorbeihuschte, trat die alte Frau nach draußen. Nemi fühlte sich ertappt. Als die alte Frau ihr zuwinkte, senkte sie zunächst den Kopf, aber dann rang sie sich doch ein schüchternes Lächeln ab, bevor sie um die Ecke bog, die rote Backsteinwand der Kapelle hinter sich ließ und den Wald erreichte.

»Hallo?«, rief die alte Frau ihr nach, aber Nemi antwortete nicht. Sie suchte den Hehmann.

Es war nicht derselbe Wald wie an den Tagen zuvor. Der Regen hatte ihn verwandelt. Er schien zu dampfen und die Blätter glänzten vor Nässe. Viele hatten einen tropfenden Saum.

Im nassen Laub waren Nemis Schritte leiser als sonst und zum ersten Mal fiel ihr das Moos am Fuß einiger Bäume auf. Wie ein Pelz zog es sich vom Stamm bis über die frei liegenden Wurzeln und leuchtete unwirklich grün.

Unter den Bäumen wurde Nemi fast gar nicht mehr nass. Es kam ihr vor, als würde sie unter einem gewaltigen Regenschirm stehen. Dennoch lag überall Feuchtigkeit in der Luft. An der schmalen Birke, unter der Nemi gestern gesessen und gemalt hatte, rannen Tropfen herab. Zögerlich bahnten sie sich ihren Weg über die aufgeworfene Rinde. Manchmal sammelten sich zwei oder drei von ihnen, um dann zusammen als größerer Tropfen über ein hervorstehendes Stück Borke zu quellen und dann eilig über dem Birkenstamm zu zerlaufen.

Die
kleinen
Zweige am Boden
waren fast schwarz.
Wenn Nemi sie aus dem
nassen Laub klaubte und
die Finger an ihnen rieb,
blieben jedes Mal winzige
Bröckchen feuchter Rinde
an ihrer Haut kleben.

Alle Geräusche des Windes
waren verstummt. Nemi hörte
lange Zeit nur das leise Trommeln des
Regens auf dem Blätterdach. In jedem einzelnen Augenblick, dachte Nemi, fielen jetzt abertausend Tropfen auf
abertausend Blätter. Eine ganze Weile stand sie bloß da,
nass wie der Wald, und lauschte.

Dann – Nemi wusste nicht, wie viel Zeit vergangen war –
raschelte es heftig in einer nahen Buche. Ein dicht belaubter
Zweig schüttelte sich wie ein nasser Hund. Ein Schwall aus
Tropfen prasselte ins nasse Laub am Boden und in die Stille
nachher platzte ein lauter Ruf. »Krätsch!«, machte es. Und

wieder: »Krätsch!« Und noch einmal, noch schriller: »Krätsch!« Das klang so wütend, dass Nemi einen Augenblick überlegte, ob es der Hehmann sein könnte, der da schimpfte.

Wieder rüttelte jemand an den Buchenzweigen. Wieder trommelten Tropfen ins Laub. Und kaum war dieses Geräusch verklungen, kam ein ganz anderer Laut aus dem Baum. Dieser klang, als würde er aus großer Ferne hergeweht. »Mau-u! Mau-u! Mau-u!« Es war ein schwebender, lang gezogener Ruf und er klang seltsam gefährlich. Nemi stellte sich einen großen Vogel vor. Keinen, der im Schutz der Äste hockte, sondern einen, der auf ausgestellten Schwingen hoch über den Wipfeln kreist. »Mau-u! Mau-u!« Wie windig das klang.

»Krätsch!« Auf einmal setzte das schrille Schimpfen wieder ein. Dann raschelte es kurz und heftig in der Buche und Nemi sah für einen Augenblick den Rufer. Weit oben brach er durch das Blätterdach. Nemi erkannte den Umriss eines Schnabels und den Schlag einer dunklen Flügelspitze, bevor sie den Vogel verlor.

Während ihr Blick noch von Baum zu Baum wanderte, um ihn wiederzufinden, dachte sie nach. Hatte der Vogel sie gerade ausgeschimpft? Hatte er sich über sie beschwert? Und wo war der andere Vogel, der nicht krätschte, sondern

maute? War sein Ruf vielleicht wirklich aus dem Himmel gekommen und gar nicht aus dem Baum? Nemi strich sich über das nasse Haar und betrachtete dann die feuchte Innenfläche ihrer Hand. Sie war ganz weiß und weich vom Regen. Sie holte tief Luft. Überall roch es nach Erde.

Der Hehmann kam heute gelaufen. Fast tanzte er auf Nemi zu. Außerdem war er pudelnass. Die Efeu-Schleppe trug er nicht mehr. Dafür war er über und über mit Moos und Flechten bewachsen. Sogar sein pilziger Hut, dunkel vom Regen, war mit einer dünnen, schmierigen Schicht Grün überzogen. Im Moos auf seinem Leib glitzerte die Feuchtigkeit. Abertausend Tropfen klammerten sich an die krummen Fäden der Mooskissen auf seinen Schultern. Der Hehmann war nass wie ein Schwamm. Aus seinem Bart aus Laub rann das Wasser.

Als er vor ihr stehen blieb, war er einen ganzen Kopf größer als Nemi. Er keuchte ein bisschen und ein feiner Dunst stieg von ihm auf. Seine Augen glänzten wie frisch gewaschen. Er sah wie ein großer Junge aus. Einer von denen, die jeden Wettlauf gewinnen.

»Da bist du ja«, sagte der Hehmann. Er hatte sie nicht vergessen. Er schien auch kein bisschen wütend zu sein.

»War ja abgemacht«, sagte Nemi. »War ja abgemacht, dass ich komme.«

Der Hehmann nickte. Von der breiten Krempe seines Huts schwappte Regenwasser. »Ich hab den Gratsch ratschen gehört«, sagte er. »Da hab ich mir schon gedacht, dass du das bist.«

»Den Gratsch?«, fragte Nemi.

»Den Gratsch, den Gabsch, den Gätsch. Den Hagel, den Hatzel, den Hayer. Den Margolf, den Markwart, den Morolt. Den Raker, den Rak, den Ruch.« Der Hehmann wiegte sich hin und her und tropfte.

»Ich kapiere gar nichts«, sagte Nemi. »Keine Ahnung, wovon du sprichst.«

»Na, vom Häher!«, rief der Hehmann. »Er ist hier im Wald die Polizei. Allerdings ist er hier auch der Räuber. Frag mal die Vögel, deren Eier er klaut.«

»Häher wie Eichelhäher?«, fragte Nemi. Das war ein Vogel, den sie kannte. Sie hatte ihn ein paarmal vom Fenster ihres Kinderzimmers aus gesehen. Seine Flügel waren mit einer stolzen blauen Feder geschmückt. Aber auch das helle Braun seines Gefieders war schön. Und das Schwarz an seinen Flügelspitzen. Und das leuchtende Weiß dazwischen. Einmal hatte er aus dem Kirschbaum im Garten rotzfrech in ihr Zimmer geschaut.

»Krätsch«, machte der Hehmann, täuschend echt.

Nemi nickte. »Das habe ich gehört«, sagte sie. »Aber da war noch ein anderer Vogel.« Sie versuchte, seinen Ruf nachzumachen. Sie zog das »Mau-u« gespenstisch lang.

»Hah!« Der Hehmann stampfte vor Freude auf. »Ein Bussard, was? Hast du dich gefürchtet?«

»Wieso?«, fragte Nemi.

»Weil er auf dich herabstößt und dich kröpft wie eine Maus?«, sagte der Hehmann unschuldig. »Vielleicht?«

»Ach so«, sagte Nemi. »Nein.« Warum sollte sie Angst vor einem Bussard haben? Dann sagte sie: »War da eben etwa ein Bussard im Baum?« Ein Bussard war ein Greifvogel. Ein Bussard war ziemlich groß.

»I wo«, sagte der Hehmann. »Das war der Gratsch, der Gabsch, der Gätsch. Der Hagel, der Hatzel, der Hayer. Der …«

»… Häher?«, fragte Nemi.

»Oh ja.« Der Hehmann rieb sich vor Freude die Hände. »Er stiehlt nicht nur Eier. Er stiehlt auch Stimmen. Er maunzt wie ein Bussard und singt wie eine Amsel, wenn er will. Ich kannte einen, der hat wie ein Hund gebellt. Und einer …« Die Stimme des Hehmanns verdüsterte sich. »… konnte brummen wie einer dieser grässlichen Rasenmäher.«

»Hat der Eichelhäher deshalb so viele Namen?«, fragte Nemi schnell. Sie wollte nicht, dass der Hehmann schlechte Laune bekam. »Rasenmäher« war kein gutes Stichwort.

»Hm.« Der Hehmann überlegte. »Wer weiß?« Er war weder gewachsen noch geschrumpft. Nemi hielt das für ein gutes Zeichen.

Der Hehmann dachte immer noch nach. »Wie viele Namen hast du?«, fragte er endlich.

»Einen«, sagte Nemi. »Nemi.«

»Du hast nur *einen* Namen?« Der Hehmann schien es nicht glauben zu wollen. »Ja, lieben deine Eltern dich denn nicht?«

»Was?«, sagte Nemi verblüfft. »Was haben denn meine Eltern damit zu tun?«

»Vielleicht«, sagte der Hehmann, »bist du einfach nicht wichtig. Wobei das natürlich auf dasselbe hinausläuft. Du bist deinen Eltern nicht wichtig. Also lieben sie dich nicht. Also hast du nur einen Namen. Ein einziger Name ist nicht mehr als eine Notwendigkeit. Viele Namen hingegen …«

»Ich habe keine Ahnung, wovon du redest!«, unterbrach Nemi den Hehmann. »Jeder hat nur einen Namen. Und wenn es anders wäre, käme man auch schrecklich durcheinander! Dann wüsste man ja nie, von wem die Rede ist!«

»So?« Der Hehmann sah sie an, und zwar ziemlich genau so, wie sie der Eichelhäher angesehen hatte, damals im Kirschbaum. Seine Augen waren ganz blank. »Überleg noch mal!«, sagte er dann. »Was sagt dein Vater zu dir, wenn es Nacht wird?«

»›Schlaf gut, Schatz‹«, sagte Nemi, ohne groß zu überlegen.

»Ha!«, rief der Hehmann. »Und was sagt er, wenn du ein schönes Bild gemalt hast? Ein hübsches Birkenblatt zum Beispiel? Gelb, mit grünen Flüssen darin?«

Nemi hatte das Bild niemandem außer dem Hehmann gezeigt, aber sie antwortete trotzdem auf seine Frage. »›Toll gemacht, Fratz‹«, sagte sie. Denn genau das würde ihr Vater sagen.

»Und was sagt deine Mutter, wenn du traurig bist und sie dich tröstet?«

»›Das wird schon wieder, Liebelein.‹«

»So«, sagte der Hehmann und verschränkte zufrieden die moosbewachsenen Arme. »Und du glaubst wirklich, dass du nur *einen* Namen hast?«

Nemi sah ihn ratlos an.

»Ja, hast du mir denn nicht gerade verraten, dass du auch ›Schatz‹ und ›Fratz‹ und ›Liebelein‹ heißt?«

»Doch«, sagte Nemi verblüfft. Es stimmte. Sie hatte mehr als einen Namen. »Meine Schwester sagt ›Mi‹ zu mir«, sagte sie. »Und wenn sie sauer auf mich ist, sagt sie ›dumme Kuh‹.«

»Siehst du?« Jetzt glänzte der Hehmann vor Zufriedenheit. »Und genauso ist es mit dem Gratsch, dem Gabsch, dem Gätsch. Dem Hagel, dem Hatzel, dem Hayer. Dem Margolf, dem Markwart, dem Morolt. Dem Raker, dem Rak, dem Ruch.« Der Hehmann wiegte sich ein wenig in den Hüften. Wenn er die vielen Namen sagte, klangen sie wie ein Gedicht. »Jeder kennt ihn«, sagte er zufrieden. »Er ist wichtig.« Der Hehmann nickte vor sich hin. »Auch wenn ihn natürlich nicht jeder mag. Er ist schließlich ein ganz schöner Halunke.« Der Hehmann wandte sich wieder Nemi zu. »Du kennst ihn doch auch, oder?«

»Klar«, sagte Nemi schnell. »Ich …«
Sie wollte gerade vom Eichelhäher im

Kirschbaum erzählen, aber der Hehmann ließ sie nicht ausreden.

»Trotzdem kennst du nur einen einzigen seiner Namen. Du hast wirklich nur einen einzigen Namen für ihn?« Der Hehmann sah sie ungläubig an.

»Jetzt kenne ich ja …«, fing Nemi an.

Aber der Hehmann war ziemlich in Fahrt. Er ließ sie schon wieder nicht ausreden. »Ich weiß ein Lied!«, rief er. »Ich könnte es singen!«

»Über den Eichelhäher?«, fragte Nemi.

Der Hehmann antwortete ihr nicht mehr. Plötzlich stand er stocksteif da, den Blick ins Leere gerichtet. Er hätte wirklich ein kleiner Baum sein können. Er rührte sich nicht.

»Hehmann?« Nemi stupste ihn an. Unter ihrer Zeigefingerspitze spürte sie ein nasses Mooskissen. »Hehmann?«, fragte sie noch mal. »Was ist los? Alles in Ordnung?« Plötzlich sah sie auf den Hehmann hinab. Er reichte ihr nur noch bis zur Schulter. Er sah auf einmal sehr zerbrechlich aus. Wie ein trauriger kleiner Junge. Oder wie ein kleiner alter Mann.

»Ich weiß es nicht mehr«, sagte er leise.

»Was?«, fragte Nemi. »Was weißt du nicht mehr?«

»Das Lied«, murmelte der

Hehmann mit hängendem Kopf. »Es will mir einfach nicht mehr einfallen.« Er sah zu ihr hoch. In seinen Augen stand das Wasser. »Ich habe es vergessen«, sagte er. »Und wenn ich es vergessen habe, weiß es keiner mehr.«

»Es fällt dir bestimmt gleich wieder ein«, sagte Nemi. »Das passiert jedem mal, dass er …«

»Aber mir passiert es ständig«, sagte der Hehmann. Er flüsterte jetzt fast. »Ich vergesse, was ich tue. Manchmal vergesse ich sogar, wer ich bin.«

Dass der Hehmann vergesslich war, ließ sich schlecht bestreiten, fand Nemi. Sie wollte ihn dennoch trösten. »Das Lied fällt dir schon wieder ein«, sagte sie. »Vielleicht … vielleicht …« Sie überlegte die ganze Zeit, wie sie den Hehmann wohl ablenken könnte. Ablenkung schien ihr jetzt das Beste zu sein. »Wollten wir nicht eigentlich Mulm suchen?«, sagte sie.

»Mulm?« Der Hehmann sah verzweifelt zu ihr hoch. Er reichte ihr nur noch bis zur Hüfte. »Wieso?«

»Oder du singst das andere Lied. Das von den Bäumen!« Nemi kniete sich vor ihn, als wäre er ein Kindergartenkind.

»Nein.« Der winzige Hehmann schüttelte den Kopf. »Das Lied weiß ich auch nicht mehr«, sagte er. Er presste das belaubte Kinn an die Brust, verschränkte die bemoosten Arme und fing an, durchs nasse Laub davonzuschlurfen.

Auf
einmal
sah der
Wald ringsum
nicht mehr frisch,
sondern einfach nur nass geregnet aus. Nemi
war kalt. Sie hatte eine Gänsehaut. Das T-Shirt
klebte ihr an den Schultern.

»Heh, Hehmann.« Sie hätte das gern gerufen, aber sie
murmelte bloß.

Der Hehmann hatte die tropfende Buche erreicht, in
der sich der Häher versteckt hatte. Er war jetzt so klein,
dass er mit seinem komischen Hut wirklich wie ein Pilz
aussah.

»Ich komme morgen wieder, hörst du?« Nemi hob die
Stimme. »Hörst du? Wenn wieder ›heute‹ ist.«

Der Hehmann antwortete nicht. Sie sah seine Pilzgestalt hinter dem nassen Buchenstamm verschwinden. Er tauchte nicht wieder auf.

Am Abend, vor dem Schlafgehen, machte Nemi im Zimmer ihrer Schwester halt. Ihre Schwester lag schon im Bett. Auf ihrem Handy stellte sie gerade den Wecker. »Was ist los, Mi?«, fragte sie, weil Nemi bloß stumm in der Tür lehnte.

Nemi hatte viel nachgedacht, seit der Hehmann im verregneten Wald verschwunden war. »Gibt es etwas, für das du besonders viele Wörter weißt?«, fragte Nemi.

»Komische Frage.« Ihre Schwester legte das Handy auf den Nachttisch. Dann kuschelte sie sich in ihr Bett. »Ist das für die Schule?«, fragte sie.

»Nein, nur so«, sagte Nemi.

»Hm.« Ihre Schwester schien heute Abend gnädig gestimmt. Offenbar dachte sie wirklich über Nemis Frage nach. »Geld«, sagte sie nach einer Weile. »Die meisten Wörter weiß ich für Geld.«

VIERTER
TAG

Nemi wurde im Morgengrauen wach. Das passierte ihr sonst nie. Plötzlich saß sie aufrecht im Bett. Hinter dem Fenster brannte noch die Straßenlaterne. Der Himmel dahinter war tiefblau.

Nemi schlug die Decke zurück und stieg aus dem Bett. Einen Moment stand sie auf den blanken Dielen und lauschte, aber im Haus war es mucksmäuschenstill. Dann ging sie zu ihrem Schreibtisch, beugte sich über den Eichelhäher, den sie gestern Abend gemalt hatte, und öffnete das Fenster. Die Luft draußen war kühl und unverbraucht. Nemi stützte sich auf die Schreibtischplatte, streckte den Kopf in den frühen Morgen und atmete tief ein.

Das »Heh!« drang erst nach und nach an ihr Ohr. Es kam von fern, so stetig wie das Gurren einer Taube oder das »Schuhu« einer Eule.

»Heh!«

»Heh!«

»Heh!«

Konnte das der Hehmann sein? Trug sein Ruf vom Wald bis in ihr Kinderzimmer? Vielleicht haben ja auch Rufe Flügel, dachte Nemi.

Auf ihrem Nachttisch tickte der alte Wecker. Es war noch

nicht einmal sechs Uhr in der Früh, aber Nemi wollte nicht wieder ins Bett gehen. Der Hehmann rief nach ihr.

Leise zog sie sich an. Sie schnappte sich ihren Rucksack und schlich die Treppe hinab. Im Halbdunkel der Küche, neben dem brummenden Kühlschrank, schrieb sie einen Zettel. *War schon wach, bin schon los,* schrieb sie. Dann war sie schon draußen.

Alles in der Straße schlief. Nur ein früher Vogel sang – Nemi wusste nicht, welcher – und die Straßenlaterne summte. Als Nemi die Kreuzung erreichte, hörte sie in großer Ferne die Schnellbahn rattern. Am anderen Ende der Straße bog ein Auto ab. Hoch am Himmel kreuzte ein Flugzeug.

Vor allem aber hörte Nemi den steten Ruf des Hehmann. Er rief unablässig nach ihr. Am liebsten hätte sie ihm geantwortet, so wie eine Taube der anderen. Stattdessen fing sie an zu laufen. Die Luft war so frisch, dass ihr das Atmen vorkam wie Trinken.

Als Nemi die Waldkapelle erreichte, ging die Sonne auf. Der Himmel bekam einen lichten Rand. Die Farben ringsum wurden kräftiger. Das Braun des Eichenstamms vor der Kapelle. Das Grün seiner Blätter. Das Rot der Backsteinfassade.

Die Bank unter der Eiche war leer bis auf ein nächtliches

Spinnennetz zwischen den Latten der Lehne. Die vom Tau feuchten Spinnfäden glänzten im ersten Sonnenlicht. So früh am Morgen war die alte Frau nirgends zu sehen.

Der Wald lag noch weitgehend im Dunkeln. Nemi traute sich nicht weiter als bis zur Bank. Zwischen den Bäumen hing noch die Nacht, so wie das Spinnennetz zwischen den Holzlatten der Lehne.

»Heh!«, machte es wieder. »Heh! Heh!« Aber diesmal kam der Ruf aus Nemis Rücken. Schnell drehte sie sich um. Unwillkürlich wanderte ihr Blick die alte Eiche hinauf. Ganz oben in ihrem Wipfel stand das Sonnenlicht. Alles darunter lag noch im Schatten. Der Tag begann von oben nach unten.

Der Hehmann saß auf einem fast waagerecht abgespreizten Ast der Eiche. Heute sah er wie eine Mistel aus, ein rundes Knäuel aus Blättern in einem fremden Baum. Nur Arme, Beine und sein Kopf ragten aus dem Blattgewirr. Die Beine ließ der Hehmann baumeln. Unmöglich zu sagen, wie groß er heute war.

»Du hast mich gehört«, rief der Hehmann zu Nemi herunter. »Das gefällt mir.«

»Du hast mich geweckt«, rief Nemi den Baum hinauf. »Ich bin von deinen Rufen aufgewacht.«

»Tut mir leid«, sagte
der Hehmann. »Ich habe gar
nicht geschlafen.« Er schien darauf
zu warten, dass Nemi fragte, wieso, verlor dann
aber offenbar die Geduld und platzte heraus: »Ich
habe die ganze Nacht versucht, mich an das Lied zu erinnern, weißt du?«

»Das Lied vom Eichelhäher?«, fragte Nemi.

»Genau«, sagte der Hehmann. Er rutschte ein wenig auf
dem Ast herum. Das Sonnenlicht wanderte nach und nach
durch die Krone der Eiche auf ihn zu.

»Und?«, fragte
Nemi. »Ist es dir wieder eingefallen?« Sie war sich ziemlich
sicher, dass es ihm wieder eingefallen war. Er hätte sie sonst
nicht gerufen. Er wäre sonst auch nicht so munter.

»Jawohl!«, rief der Hehmann. »Auf einmal war es wieder
da! Mitten in der Nacht! Ich saß im Mondschein und, tja,
da war es wieder. Ich habe es dann die ganze Zeit gesungen.

Damit ich es nicht wieder vergesse.« Er beugte sich gefährlich weit vornüber, um Nemi von seinem Ast aus anzuse-
hen. »Es kennt ja niemand außer mir. Oh, es ist eine Last!
An allem, was man alleine weiß, trägt man schwer.« Er
beugte sich noch weiter vor, diesmal zu weit.

Erschrocken wich Nemi einen Schritt zurück. Gleichzei-
tig streckte sie die Arme aus, um den Hehmann aufzufan-
gen. Doch daraus wurde nichts. Der Hehmann rauschte aus
der Eiche. Mistelzweige brachen. Es raschelte. Der Hehmann schlug dumpf vor Nemis Füßen auf. Einen Augenblick sah sie bloß betroffen auf das Knäuel aus Zweigen,
Blättern, Armen, Beinen und dem verrutschten pilzigen
Hut. Dann kniete sie sich hin, während der Hehmann sich
verdattert aufsetzte. Eher seufzte er, als dass er stöhnte.

»Hast du dir wehgetan?«, fragte Nemi besorgt.

Der Hehmann rückte sich den Hut zurecht. Dann rieb er
sich die mistelbewachsene Schulter und fuhr sich durch den
rauschenden Bart aus Laub. »Nein, nein«, sagte er. »Es geht
schon. Aber man sollte doch meinen, dass ich geschickter
wäre.«

Die Krone der Eiche schien plötzlich hell erleuchtet. Da
oben machte die Morgensonne Licht. Unten am Fuß des
Stamms jedoch, im feuchten Laub, lag noch der Schatten
auf Nemi und dem Hehmann.

»Stell dir vor, ich breche mir den Hals bei so was«, sagte der Hehmann. »Dann sind die Lieder weg. Und wer ...« Er funkelte sie aus Augen an, in denen noch die Sterne standen. »... wer passt dann auf den Wald auf, wenn ich nicht mehr bin?«

Nemi strich über die Mistelzweige auf seinem Rücken. »Ist es das, was du tust?«, fragte sie. »Auf den Wald aufpassen?«

Der Hehmann sah sie verdutzt an, von seinem Sturz offenbar noch durchgerüttelt. »Wie kommst du darauf?«, sagte er.

Nemi seufzte. »Weißt du denn das Lied noch?«, fragte sie und fügte, als der Hehmann sie ratlos ansah, hinzu: »Das vom Eichelhäher?«

»Oh ja!« Der Hehmann sprang knisternd auf. Er trug die Mistel wie einen Bauch. »Pass auf! Hör hin! Vielleicht kannst du es dir merken!« Der Hehmann trat einen Schritt zurück. Er schielte zu dem Ast hinauf, von dem er gefallen war. Dann legte er sich feierlich eine Hand auf die Brust und begann leise mit rauer Stimme zu singen.

Ich traf ihn hoch in einer Eiche,
mit blauer Feder, blankem Aug',
ich wollte wissen, wie er heiße,
seine Antwort war sehr laut:

›Ich bin, was immer ich dir sage,
ich bin genau das, was du hörst,
denn der Name, den ich trage,
ist, was ich rufe, wenn du störst.

Ich bin der Jäck und jäcke, jäcke,
ich bin der Gäckser, wenn ich gäcks,
ich gägge, wäkse, grätsche, rätsche,
ich heiß der Tschaker, wenn ich tschäk.

Ich bin ein Wächter, wenn ich wache,
dann heiß ich Markwart, Marwolf, Marks.
Ich bin ein Dieb und klaue Eier
und stehl die Stimmen, die ich mag.

Ich bin der Häger, Häher, Heier,
vergrabe Eicheln hier und da,
ich heg den Wald, daher der Name,
es wachsen Bäume, wo ich war.

Ich bin der Hacker, hack ich Nüsse,
ich bin der Schreier, mach Alarm,
ich bin der Schrat, wenn ihr euch fürchtet,
ich bin der Herold, wenn ich warn.

Ich bin, was immer ich dir sage,
ich bin genau das, was du hörst,
denn der Name, den ich trage,
ist, was ich rufe, wenn du störst.‹

Beinahe hätte Nemi gelacht. Es war ein lustiges Lied, und der Eichelhäher war ein lustiger Vogel, auch wenn er natürlich nicht sehr höflich war.

»Ich traf ihn hoch in einer Eiche«, sagte sie leise, obwohl sie den Eichelhäher gestern in einer Buche getroffen hatte. Anders als Eichen hatten Buchen eine feste, glatte Rinde. Und natürlich waren die Blätter ganz anders geformt. Buchenblätter sahen oft wie kleine Herzen aus. Eichenblätter waren eine schmale Hand mit kurzen, runden Fingern. Woher wusste sie das eigentlich?

Der Hehmann musterte Nemi zufrieden.

»Gibt es eigentlich auch ein Lied über die Blätter?«, fragte sie ihn.

»Gewiss«, sagte der Hehmann. »Es gibt Lieder über alles, was du willst. Du kannst sie ja erfinden.«

Nemi überlegte. Im Lied von den Blättern müssten die vielen verschiedenen Formen der Blätter vorkommen. Wie unterschiedlich sie von Baum zu Baum waren. Und wie sie ihre Gestalt veränderten, vom Frühling bis zum Herbst. Die vielen Farben. Das Wetter. Wenn es regnete, sahen Blätter anders aus. Wenn es windete, sangen sie selber Lieder. Klang eine Eiche wie eine Buche? Nemi versuchte, sich zu erinnern. Sie war doch die ganze Woche jeden Tag hier im Wald gewesen.

Die Birke, deren Blatt sie gemalt hatte, wisperte im Wind. Die Eiche vor der Kapelle rauschte. Vielleicht sollte sie das aufschreiben, dachte Nemi. Sie fand es wichtig. Warum hatte sie nie zuvor darüber nachgedacht?

Es war jetzt heller Tag. Die Straße war plötzlich belebt. Ein Auto nach dem anderen kam gefahren. Morgens hatten es alle eilig. Abends waren alle erschöpft.

Nemi hörte schnelle Schritte auf dem Bürgersteig klappern, dann das tiefe Brummen des Busses und wie er prustend hielt, irgendwo da hinter dem Saum aus Bäumen. Dann brummte der Bus wieder los und Nemi stand immer noch mit dem Hehmann unter der großen Eiche. Der Bart des Hehmann rauschte. Heute war er besonders buschig und besonders grün. Ob das vom Regen kam? Gab es ein Lied über den Wald bei Regen? War das ihr Bus gewesen? Sie musste ja zur Schule.

Sie schnallte sich den Rucksack ab, öffnete seine Schnalle, zog ihr Matheheft heraus und dann die Blechschachtel mit den Malstiften. Sie setzte sich und wählte Rot und blätterte am Bild vom Hehmann und dem Bild vom Birkenblatt vorbei zu einer freien Seite.

Und dann fing sie an, mit dicken, roten Strichen eine Liste zu machen. LIEDER, schrieb sie in Großbuchstaben, DIE ES BRAUCHT.

LIED VON DEN BLÄTTERN DER BÄUME
LIED VON DEN FARBEN IM WALD
LIED VOM WALD BEI REGEN
LIED VOM WALD IM MORGENGRAUEN

Sie hielt einen Moment inne und dachte nach. Vielleicht würde sie sich daheim halbwegs an das Lied vom Eichelhäher erinnern können, aber mit dem Eichelhäher war es nicht getan. Es gab viel mehr Vögel im Wald, auch wenn sie sich gut versteckten. Und es gab nicht nur Vögel.

Sie schrieb:
LIED VON DEN KRABBELTIEREN

Dann sah sie auf und ihr Blick fiel auf die Bank und das schillernde Spinnennetz.

Sie schrieb:
LIED VON DER SPINNE

Sie schrieb:

LIED VOM SPINNENNETZ

Sie schrieb:

LIED VOM SPINNFADEN

Sie schrieb:

LIED VOM TAUTROPFEN AUF DEM
SPINNFADEN DES SPINNENNETZES AN DER
BANK UNTER DER ALTEN EICHE VOR DER
WALDKAPELLE AM FRÜHEN MORGEN

Auf einmal war die ganze Seite in ihrem Matheheft voller
großer, dick aufgetragener roter Buchstaben.

Sie sah zum Hehmann auf. Still und zufrieden stand er da,
in seinen Mistelbauch gehüllt. Kannte er all diese Lieder?
Konnte sie die Lieder erfinden, die es nicht gab? Lieber,
dachte Nemi, würde sie das alles malen.

Sie blätterte um. Sie machte eine neue Liste.

Sie schrieb:

BILD VOM TAUTROPFEN AUF DEM
SPINNFADEN DES SPINNENNETZES AN DER
BANK UNTER DER ALTEN EICHE VOR DER
WALDKAPELLE AM FRÜHEN MORGEN

Sie schrieb:

BILD VOM ZITRONENFALTER, WIE ER
NACHMITTAGS ZWISCHEN DEN BÄUMEN AM
WEGESRAND VERSCHWINDET, WENN DAS
SONNENLICHT DURCH DIE WIPFEL RIESELT

Die Seite im Heft war schon wieder voll. Dabei hatte Nemi jede Menge weggelassen. Aber bestimmt würde sie sich auch so erinnern. Sie war auf dem Weg zum Hehmann gewesen, als sie den Zitronenfalter gesehen hatte. Sie wusste alles noch ganz genau.

Sie klappte gerade ihr Matheheft zu, als das Brüllen begann. Etwas jaulte auf, furchtbar laut – lauter als der Bus, die Autos, die Schnellbahn, ein Flugzeug –, spuckte, knurrte und biss dann zu.

Das war ein Raubtier.

Das war eine Motorsäge.

Nemi war starr vor Schreck. Ihr Blick hing am Hehmann, der vor ihren Augen in die Höhe wuchs. Er türmte sich auf wie eine dunkle Wolke. Er sprengte die Misteln ab. Ein harter Wind schleuderte Nemi die Blätter entgegen.

Der Hehmann schrie

»Heh!«,

aber dieses »Heh!« hatte nichts gemein mit dem Vogelruf von eben. Es war der Donner gleich nach dem grellen Blitz. Die Sorte Donner, die aus dem Himmel platzt, dass es einem in den Ohren wehtut.

Der Hehmann fegte wie der Sturm durch den Wald. Links und rechts von ihm bogen sich die Bäume. Der Wind pfiff. Es hagelte Blätter. Die Schritte des Hehmann erschütterten den Wald. Nemi spürte den Boden unter ihren Füßen beben. Die Motorsäge jaulte, knurrte, biss zu. Jaulte, knurrte, biss zu. Der Hehmann hehte fürchterlich. Er war schon ein ganzes Stück weit weg, ein rasender Baum zwischen Bäumen, die ihre Wurzeln furchtsam in die Erde krallten.

Diesmal würde sie ihn nicht verlieren. Nemi schnappte sich den Rucksack und rannte los. Sie folgte der dunklen Wolke über dem Wald und dem krachenden Donner. Sie stemmte sich in den kalten Wind und die peitschenden Blätter. Bald war sie außer Atem, aber sie rannte weiter, pflügte durch das alte Laub, im Zickzack zwischen den aufgestörten Bäumen. Das »Heh!« des Hehmanns grollte immer gleich, das Gebrüll der Motorsäge kam immer näher. Sie jaulte, knurrte und biss zu. Jetzt hörte Nemi sie auch fressen. Äste und Zweige brachen, es rauschte, ein dumpfer Schlag. So klingt es, wenn Bäume fallen, dachte Nemi.

Plötzlich sah sie hinter einem Saum aus dürren Birken und lichten Sträuchern die Straße. Die Sträucher kratzten sie, als sie sich hindurchschob, dann stand sie auf dem Bürgersteig. Rechts von ihr war die Bushaltestelle, wo sie den Hehmann zum ersten Mal gehört hatte. Noch ein Stück weiter standen Autos, bulligroß mit Ladefläche und Plane. Sie hörte den Hehmann grollen und donnern. Sie hörte die Motorsäge beißen. Sie rannte weiter, auf die Autos zu.

Vom Waldrand, aus einer Senke, nur ein paar Meter von der Haltestelle entfernt, leuchtete ihr das grelle Orange von Warnwesten entgegen. Die Motorsäge wurde immer lauter, sie kam ihr jetzt lauter als das »Heh!« des Hehmann vor.

Keuchend blieb Nemi neben den Fahrzeugen stehen. Am Grund der Senke legten die Arbeiter einen bemoosten, halb im Laub vergrabenen Betonklotz frei. Ein junger Baum fiel, nicht dicker als ein Arm. Ein Mann in Warnweste schleifte einen anderen davon. Ein weiterer Mann zog einen entwurzelten Strauch beiseite, so rund, wie es der Mistelbauch des Hehmann gewesen war.

Der Hehmann stand riesig über der Senke, wie eine Fackel aus Wind und Blättern und Zorn.

»Heh!«, brüllte er.

»Heh!«

»Heh!«

»Heh!«

Aber niemand schien ihn zu hören. Niemand außer Nemi. Und niemand außer Nemi schien ihn zu sehen. Es war, als gäbe es den Hehmann gar nicht. Die Männer machten ihre Arbeit, sonst nichts. Die Motorsäge jaulte, knurrte, biss. Der Hehmann hehte vergebens. Er war noch immer riesig, aber niemand fürchtete sich.

Nemi stand da und wusste nicht, was tun. Sie ließ den Rucksack los. Er sackte auf den Bürgersteig. Nemi machte den Mund auf, aber es dauerte, bis etwas herauskam. »Ja, hört ihr ihn denn nicht?«, fragte sie leise in den Lärm der Motorsäge. Der Sturm des Hehmann flaute ab. Er stand bloß noch da, so reglos wie Nemi auf dem Bürgersteig.

In ihrem Rücken prustete der Bus, aber die Motorsäge war so laut, dass Nemi ihn kaum hörte. Sie hörte auch die näher kommenden Schritte kaum. Sie bemerkte ihre Schwester erst, als die Hand nach ihrer Schulter griff.

Langsam drehte sie sich um. Ihre Schwester sah ziemlich wütend aus. »Spinnst du, Mi?«, rief sie in den Lärm. »Du kannst doch nicht einfach abhauen! Wir müssen zur Schule! Was machst du überhaupt hier?«

Nemi wusste nicht, was sie sagen sollte. Also schwieg sie und folgte dem Blick ihrer Schwester. Sie war sich sicher: Auch ihre Schwester konnte den Hehmann nicht sehen. Aus seinem Bart rieselte trockenes Laub.

»Erzähl's mir später«, murmelte ihre Schwester. »Wir nehmen den nächsten Bus. Jetzt komm ich wegen dir zu spät.« Sie zog an ihr. Nemi wollte den Blick nicht vom Heh-mann wenden, aber ihre Schwester war stark. Sie zerrte sie Richtung Bushaltestelle und dann war auf einmal die alte Frau im Weg. Der Zopf, die Wanderschuhe, es war die alte Frau von der Kapelle.

Die alte Frau nickte Nemi mit ernstem Blick zu, dann war sie schon vorüber. Nemi überhörte ihre schimpfende Schwester und drehte sich noch einmal um. Die alte Frau war auf dem Bürgersteig stehen geblieben. Sie sah den Män-nern beim Arbeiten zu, und sie stand immer noch da, als Nemi von ihrer Schwester in den nächsten Bus geschoben wurde.

FÜNFTER
TAG

Nemi hatte eine Ahnung, wo sie den Hehmann finden würde. Heute allerdings brauchte sie etwas Geduld. Gestern hatte sie Ärger bekommen, weil sie frühmorgens einfach so das Haus verlassen hatte. Sie hatte felsenfest versprechen müssen, von nun an jedes Mal zu sagen, wohin sie ging, und nicht einfach so loszulaufen, schon gar nicht vor der Schule.

Mittags fuhr sie also nach Hause. An der Stelle, wo Nemi den Hehmann gestern zurückgelassen hatte, brummte der Bus einfach vorbei. Es nützte auch nichts, dass Nemi am Fenster klebte. Sie sah nur den Betonklotz, den die Arbeiter gestern freigeschnitten hatten. Die jungen Bäume, die sie gefällt hatten, waren schon abtransportiert. Vielleicht wurden Möbel daraus, dachte Nemi, obwohl sie es natürlich nicht wusste. Ihr Schreibtisch zu Hause, dachte sie dann, war aus Holz, ihr Bett und ihre Tür genauso. Es war kein alter Schreibtisch, aber es war eine alte Tür. Vor langer Zeit war sie einmal ein Baum gewesen. Auf der Platte von Nemis Schreibtisch konnte man tief im Holz dunkle Ringe sehen, wo einmal ein Ast gewachsen war. Die Ringe sahen ein wenig wie die Kreise im Wasser aus, wenn man einen Stein hineingeworfen hatte. Gestern, als sie das Bild vom Schmetterling gemalt hatte, hatte Nemi manchmal mit der Fingerspitze darübergestrichen. Sie mochte ihren Schreibtisch. Dinge aus Holz waren schön.

Noch mehr Dinge aus Holz zu Hause: die Küchenschränke und der Küchentisch und der große Löffel in der Schublade. Der Kleiderständer im Flur und die Bügel, die daran hingen. Die Kommode, auf der der Fernseher stand, und die Füße des großen Sofas. Die Truhe oben im Flur. Das Geländer und alle vierzehn Stufen der Treppe. Der Kleiderschrank im Zimmer ihrer Eltern und der Kleiderschrank ihrer Schwester, aus dem die T-Shirts quollen. Nemis Kommode mit der klemmenden Schublade. Die Luke zum Dachboden. Die alten, schwarz gewordenen Dachbalken, auf denen die Ziegel lagen. Wenn man durch die Luke stieg, konnte man sie sehen.

Nemi stieg an der Waldkapelle aus. Sie stand noch auf dem Bürgersteig, als der Bus davonfuhr und den Blick auf die alte Frau freigab, die heute wieder auf der Bank unter der Eiche saß. Die alte Frau hob die Hand, als sie Nemi erkannte, und diesmal winkte Nemi zurück. Sie winkte sogar zweimal. Dann ging sie nach Hause, aß und machte Hausaufgaben und blätterte durch ihr Matheheft, das sie gar nicht mehr als Matheheft benutzte. Für den Unterricht hatte sie ein neues.

Da war das Bild vom Hehmann. Da war das Bild vom Birkenblatt. Da war der Eichelhäher und da waren ihre Listen. Und da schließlich war das Bild vom Schmetterling im Wald, auf dem torfigen Pfad, wenn das Sonnenlicht durch die Bäume rieselt.

Unten ging die Tür. Ihre Schwester war gekommen. Nemi schnappte sich das Matheheft und lief die Treppe hinunter. »Ich bin mal draußen!«, rief sie in die Küche hinein, wo ihre Schwester vor dem Kühlschrank stand und Orangensaft aus dem Tetrapack trank. Nemi zog die Haustür ins Schloss, bevor ihre Schwester etwas erwidern konnte.

Heute ging Nemi nicht in den Wald. Sie lief an den Zäunen und Gärten vorbei, dahin, wo sie den Hehmann gestern zuletzt gesehen hatte. In vielen Gärten wurde gearbeitet. Ein Mann schnitt seinen Rasen raspelkurz. Ein anderer häckselte Zweige. Ein dritter spritzte seine gepflasterte Zufahrt ab. Die Gärten sahen wie Wohnzimmer für den Sommer aus.

Vor der Waldkapelle bog Nemi ab. Sie folgte dem Bürgersteig, an der Bushaltestelle vorbei, wo der Müll aus dem Mülleimer quoll.

Die Autos der Arbeiter waren verschwunden. Die Senke mit dem Betonklotz war verwaist. Spuren aber gab es jede Menge. Überall lagen abgerissene Blätter, Zweige und Äste verstreut. Sägespäne leuchteten von der aufgewühlten Erde, Hellgelb auf Schwarz, wie Pfützen aus Holz.

Die Erde war weich, als Nemi auf sie trat. Sie lief in die Senke hinunter, auf den dunklen Betonklotz zu. Er war alt und dunkelgrün vom Wetter.

Der Hehmann war nirgends zu sehen. Wo er gestern groß und zornig gestanden hatte, ragten jetzt allein die Bäume auf: schmale Birken, auf deren weißer Rinde schwarze, wachsame Augen zu wachsen schienen, dahinter flüsternde Eichen und Buchen.

»Hehmann?«, rief Nemi ein bisschen verzagt. »Hehmann?« Sie wedelte mit ihrem Matheheft. Sie wollte dem Hehmann das Bild vom Schmetterling zeigen, aber der Hehmann schien nicht hier zu sein. Vielleicht aber war er auch nur sehr klein. »Hehmann?«

Der Betonklotz hatte eine kreisrunde Öffnung. Im Großen und Ganzen schien er bloß eine Betonröhre zu sein. Als Nemi den Kopf hineinstreckte, schlug ihr Modergeruch entgegen. Vielleicht war das hier ein Abwasserkanal oder so etwas. Genau wusste Nemi es nicht. Sie wusste nur, dass jede Menge unter der Erde lag, Kanäle, Röhren und Kabel. Städte reichten von links nach rechts und von oben nach unten. Bestimmt hatten die Arbeiter die Betonröhre freilegen müssen, bevor sie zugewuchert war. Der Wald war nicht schnell, aber er zögerte nicht. Wenn man ihn ließ, wuchs er jeden Tag ein bisschen. Das war ein Gedanke, der Nemi gefiel. Wusste der Hehmann nicht, dass der Wald, wenn man ihn vertrieb, jederzeit zurückkehren konnte?

»Hehmann?«

Beinahe wäre sie auf ihn getreten, so klein war er jetzt. Er lehnte an einem schmalen Baumstumpf. Über seinem Hut leuchtete der frische, harzende Schnitt des Stumpfs.

Der Hehmann sah nicht zu ihr auf. Er hatte den Hut tief in die Stirn gezogen. Sein Bart war welk und trocken. Seine Hände lagen reglos neben ihm, wie abgeschnittene Zweige.

Nemi hockte sich zu ihm. Es schien nicht der richtige Moment, ihm das Bild vom Schmetterling zu zeigen. Nemi wusste nicht, was sie sagen sollte.

»Wo kommst du denn her?«, fragte der Hehmann nach einer halben Ewigkeit. »Habe ich dich etwa gerufen?«

Nemi schüttelte den Kopf. »Heute nicht«, sagte sie leise. »Heute habe ich dich nicht gehört.«

Der Hehmann nickte mit knisterndem Bart. »Niemand

hört mich«, sagte er dann. »Es hat auch niemand mehr Angst vor mir.« Zum ersten Mal an diesem Tag sah er Nemi an. Heute waren seine Augen trüb wie Pfützenwasser. »Und wie soll ich den Wald beschützen, wenn niemand mehr Angst vor mir hat?«

Nemi dachte daran, wie der Hehmann groß und furchterregend am Waldrand gestanden und die Arbeiter angeschrien hatte. Sie hatten ihn nicht mal gehört. »Ich hatte Angst *um* dich«, sagte sie zum Hehmann.

»Das«, sagte der Hehmann, »ist nicht dasselbe. Ich weiß nicht, ob es nützt.« Er fiel wieder in brütendes Schweigen zurück.

Nemi betrachtete lange den Baumstumpf. Schließlich fuhr sie mit dem Finger über den hellen, rauen, vom Harz klebrigen Schnitt. »Ich habe einen Schreibtisch aus Holz«, sagte sie. »Den behalte ich für immer.«

Der Hehmann schien sie gar nicht zu hören.

»Und die Tür zu meinem Kinderzimmer war auch mal ein Baum«, sagte Nemi. »Sie ist uralt. Älter als du.« Sie wollte den Hehmann trösten. »Vielleicht wird aus diesem Baum auch eine Tür«, sagte sie. Sie wies auf den frischen Baumstumpf.

»Du hast keine Ahnung, was alt ist«, sagte der Hehmann. »Dieser Baum ist erst gestern gewachsen. Weil der Häger, Häher, Heier hier vorgestern eine Eichel vergraben hat.«

»Und dann hat er sie vergessen«, sagte Nemi, auch wenn sie sich ganz sicher war, dass das nicht vorgestern gewesen war.

»Er hat halt viel zu tun«, sagte der Hehmann. Zum ersten Mal klang er ein bisschen lebendiger.

Nemi beugte sich über den schmalen Baumstumpf und begann die Jahresringe zu zählen. Sie wollte dem Hehmann zeigen, was sie wusste. Jedes Jahr legte sich ein neuer Ring um den Baum. So konnte man sein Alter bestimmen. »Eins, zwei, drei …« Nemi nahm den Finger zu Hilfe. Es war gar nicht so leicht, die Jahresringe zu zählen. »… neun, zehn, elf.« Als dieser Baum zu wachsen begonnen hatte, war sie noch nicht einmal auf der Welt gewesen. »Von wegen gestern«, sagte Nemi. »Der Baum war älter als ich. Wenigstens elf Jahre.«

»Sag ich doch: Du hast keine Ahnung, was alt ist«, sagte der Hehmann. »Für einen Baum sind elf Jahre gar nichts. Für einen Baum sind nicht mal hundert Jahre viel. Alte Bäume sind fünfhundert Jahre alt. Oder tausend. Für einen Baum bist du bloß ein Schmetterling, der einen Sommer lang fliegt. Schau.« Er setzte sich auf und fing an, mit dem Zweig eines Fingers die Jahresringe des Baumstumpfs nachzufahren. »Rund und rund«, sagte er, während sein Finger Kreise zog. »Du glaubst, dass ein Jahr wie ein Weg ist, der dich von einem Ort zum anderen bringt. Aber für Bäume ist das Jahr rund. Rund und rund. Deshalb haben sie es nie eilig. Und deshalb rennen sie auch nicht kopflos durch die Gegend.«

Der Hehmann seufzte. »Leider können sie deshalb auch nicht weglaufen.«

Für eine Weile schwiegen Nemi und der Hehmann jetzt. Nemi stellte sich vor, ein ganzes Jahr lang still zu stehen. Dann stellte sie sich vor, wie die Bäume die Flucht ergriffen. Wie sie mit wedelnden Ästen auf Wurzelfüßen über die Straße rannten. Laufende Bäume sahen ein bisschen wie der Hehmann aus, wenn ihn der Zorn packte.

Was der Hehmann sich vorstellte, wusste Nemi nicht, bis er wieder den Mund aufmachte. »Ich habe in Wäldern gelebt, die so alt wie die Berge waren«, sagte er. »Ich habe in

Wäldern gelebt, die so groß waren, dass sie weder Anfang noch Ende hatten.«

Drüben an der Haltestelle prustete der Bus. Jemand stieg ein. Der Bus fuhr los. Einmal um das Wäldchen des Hehmann herum.

»Ich hab dir etwas mitgebracht«, sagte Nemi zum Hehmann. »Ich habe es gestern Abend gemalt. Ich male jetzt jeden Abend.« Sie streckte ihm das Matheheft hin.

Der Hehmann sah bloß müde zu ihr auf. Das Matheheft war größer als er. Nemi hätte ihn damit zudecken können.

Sie blätterte es für ihn auf. Sie hatte sich wirklich große Mühe mit dem Bild gegeben. Es füllte beide Seiten aus. Am schwierigsten war es gewesen, das Licht zu malen. Es tropfte ja nicht wirklich durch die Wipfel. Es fühlte sich nur so an. Aber es war das, was das Bild ausmachte. Genauso wie durch den Wald flog der Zitronenfalter, den sie gemalt hatte, durch dieses warme Licht.

»Ach«, sagte der Hehmann, während er das Bild betrachtete. »Ach«, sagte er wieder, eine Ewigkeit später.

»Gefällt es dir?«, fragte Nemi.

Der Hehmann nickte und schniefte.

»Ich schenke es dir, wenn du willst«, sagte Nemi. »Ich schenke dir das ganze Heft.«

»Danke«, sagte der Hehmann leise. »Aber verwahr es für mich. Ich würde es doch nur verlieren.« Er zog sich den Hut noch tiefer in die Stirn. Dann stand er mühsam auf. Er war nicht größer als der leuchtende Baumstumpf. Nemi sah von hoch oben auf ihn hinab.

»Wo gehst du hin?«, fragte sie, denn der Hehmann war erkennbar im Aufbruch.

Er zuckte mit den schmalen Schultern. »Wusstest du, dass Zitronenfalter Sommerschlaf halten?«, fragte er.

Nemi schüttelte den Kopf. Sie war jetzt sehr traurig.

»Vielleicht mache ich das auch«, sagte der Hehmann. »Ich bin so schrecklich müde.« Er machte wieder Anstalten, fortzugehen. »Bewahr das Bild gut auf«, sagte er. »Dann kannst du dich später mal erinnern, wie das war, als es noch Schmetterlinge im Wald gab. Es gibt nicht mehr viele, weißt du?« Er hob die kleine Hand zum Abschied: fünf dünne, krumme Zweige. Dann fing er an, den Hang hinaufzustapfen. Klein, wie er war, war das ein weiter Weg. Die schwarzen Augen der Birken sahen ihm zu.

»Sing doch ein Lied«, rief Nemi ihm nach. »Sing ein Lied für mich!« Bestimmt wirkte es seltsam, wie sie nicht weit von dem alten Betonklotz in der Senke stand und den Hang um ein Lied bat. Außer Nemi konnte ja niemand den Hehmann sehen. Und selbst Nemi sah ihn kaum noch. Er war so klein, dass er auch ein Blatt hätte sein können. Eines der vielen welken Blätter, die den Hang bedeckten. Das Blatt einer Birke. Das Blatt einer Eiche. Das Blatt einer Buche. Aber hören konnte Nemi den Hehmann gut. Irgendwann auf halbem Weg hatte er zu singen angefangen. Es war ein Lied über die Schmetterlinge und ihre fremden Namen klangen in Nemis Ohr wie Zaubersprüche.

Wo ist der Kleine Fuchs geblieben?
Wo sieht das Pfauenauge hin?
Den Admiral hat's fortgetrieben,
ich wüsste nur zu gern, wohin!

Wo ist der Bläuling hingeflogen?
Ich hab ihn ewig nicht gesehen.
Der Schillerfalter? Umgezogen.
Wie schön, würd es ihn hierher wehen.

Ich hätt so gern, dass an den Brombeeren
noch mal der Kaisermantel nascht
und dass ein Waldbrettspiel im Wipfel
nach einem andern Brettspiel hascht.

Ich würd so gern noch mal die Augen
vom Gelbringfalterflügel zählen
und das Gelb vom Trauermantel
im Sommer gelber werden sehen.

Und wenn's so wär, würd ich nicht schlafen,
ich bliebe wach die ganze Nacht,
denn wenn nur Mond und Sterne schienen,
käme die andre Falterpracht.

Dann flögen Ordensband und Eule,
der Weidenbohrer trüge Grau,
und der Schwarzspanner, der stellte
den weißen Flügelrand zur Schau.

So ist es nicht, ich seh schon lange
hier keine Schmetterlinge mehr,
und kommt doch einer, frag ich bange:
Kommt er auch nächstes Jahr noch her?

Dann will ich lieber mit ihm fliegen,
wenn erst der Herbst kommt, ganz weit fort,
über Berge, Flüsse, Wiesen,
an einen andern, bessern Ort.

Da ist der Kleine Fuchs geblieben,
da sieht das Pfauenauge hin,
dahin hat's auch den Admiral getrieben,
da wär ich lieber als hier, wo ich bin.

Das Lied war lange zu Ende und Nemi stand immer noch in der Senke. Sie stand ganz still, nur ihre Lippen bewegten sich. Sie formten die langen, fremden Namen aus dem Hehmann-Lied.

»Pfauenauge«, sagte Nemi leise. »Bläuling. Kaisermantel. Waldbrettspiel. Gelbringfalter. Schwarzspanner.«

Dann hockte sie sich auf die weiche Erde und die Sägespäne, schlug das Matheheft auf und fing an, die Namen aufzuschreiben. Das brauchte seine Zeit.

Als Nemi wieder aufsah, stand die alte Frau von der Waldkapelle oberhalb der Senke auf dem Bürgersteig. Wahrscheinlich hatte sie auf den Bus gewartet und Nemi hier unten hocken sehen.

Die alte Frau zog die Stirn kraus. Bestimmt wunderte sie sich über Nemi.

Nemi klappte das Heft zu, stand auf und nickte ihr sehr ernsthaft zu.

SECHSTER
TAG

Heute war keine Schule. Nemi wurde spät wach. Sie hatte noch lange gemalt, als alle schon schliefen. Sie hatte im Licht ihrer Schreibtischlampe gesessen, vor sich das schwarze Fenster aus Nacht, das alte Matheheft und ein dickes Taschenbuch, auf dem »Großer Tier- und Pflanzenführer« stand. Sie hatte es in der Küche aufgestöbert, zwischen den fettigen Kochbüchern. In dem Buch waren Hunderte Tiere und Pflanzen zu sehen.

Dann hatte Nemi eine Liste gemacht. Alle Schmetterlingsnamen aus dem Lied des Hehmann standen darauf, von »Kleiner Fuchs« bis »Schwarzspanner«, hoffentlich hatte sie keinen vergessen. Und dann hatte sie alle Schmetterlinge in dem dicken Taschenbuch nachgeschlagen, was gar nicht so einfach gewesen war. Sie fand sie schließlich im Kapitel »Insekten«, hinter den Käfern, Bienen und Geistchen. Geistchen schienen sehr kleine Motten zu sein, und wenn Nemi ihre Bilder im Buch nur lange genug ansah, spürte sie den feinen Mottenstaub an den Fingerspitzen. Wenn abends im Bad das Fenster offen stand, flogen manchmal Motten herein.

Als Nemi alle Schmetterlinge aus dem Lied zu-

sammenhatte und zu malen anfing, war
es schon ganz still im Haus. Aber dann ge-
fiel ihr das Bild nicht, das sie malte. Sie hatte die Schmetterlinge abgemalt, wie sie im Buch zu sehen waren, aber so
wie einer neben dem anderen die Flügel abspreizte, wirkten
die Schmetterlinge wie aufgespießt.

Also fing Nemi von vorne an. Vielleicht hätte sie besser
ins Bett gehen sollen, aber dieses Bild konnte nicht warten.
Sie hörte erst zu malen auf, als fast alle Schmetterlinge über
die Seite flogen, zuerst der Kleine Fuchs, orange mit
schwarz-weiß gemusterten Flügelkanten, und dann das
Pfauenauge mit den vier Kreisen in den Flügelecken, in denen Gelb, Rot, Schwarz und ein blasses Lila verliefen. Der
Admiral, der als Nächstes kam, trug breite orange Streifen
auf den dunklen Flügeln. Der Bläuling daneben leuchtete
tiefblau, aber es schien auch einen braunen zu geben. Das
Blau des Schillerfalters war mit einem feinen weißen
Muster durchsetzt, aber das Muster des Kai-
sermantels – braun auf einem hellen
Orange – war sogar noch
schwieriger zu malen ge-
wesen. Das Waldbrett-
spiel – tiefbraun
und weiß gespren-

kelt, mit eins, zwei … acht schwarzen Augen auf den Flügeln – flog hoch oben am Seitenrand.

Schließlich war Nemi aufgefallen, dass Ordensband, Weidenbohrer und Schwarzspanner Nachtfalter waren und eigentlich auf ein Nachtbild gehörten. Vielleicht flogen sie ja gerade da draußen durch die Dunkelheit und hatten ihr Bild gar nicht nötig. Nemi war ins Bett gegangen und hatte es sich vorgestellt: Die Nacht war wie Wasser … der Hehmann badete im Mondlicht … und dann schwamm, lichtgrau, ein Weidenbohrer vorbei.

Als Nemi an diesem Morgen aufstand, fiel das Sonnenlicht auf ihr Bild. Ihre Schmetterlinge schienen darin zu tanzen. Nicht mal die karierten Seiten ihres Mathehefts störten. Die Schmetterlinge flogen einfach darüber hinweg. Nemi war ziemlich zufrieden, als sie sich unten an den Frühstückstisch setzte. Heute würde sie dem Hehmann das Bild zeigen. Sobald ihre Eltern zum Einkaufen losgefahren waren, würde sie mit dem Bild in den Wald laufen.

Und dann, als es so weit war, fand Nemi den Hehmann nicht. Sie fand ihn nicht in der Eiche, die ihren Schatten vor die Waldkapelle warf. Sie fand ihn nicht bei der Birke, deren Blatt sie gemalt hatte. Sie fand ihn nicht bei der umgestürzten Buche, über deren Stamm beim allerersten Mal sein pilziger Hut geragt hatte. Und sie fand ihn auch nicht in der Senke beim Betonklotz, wo die Baumstümpfe lange nicht mehr so hell leuchteten wie gestern.

Nemi, so kam es ihr vor, kreuzte auf ihrer Suche hundertmal den torfigen Pfad, der durch den Wald führte. Hundertmal, so kam es ihr vor, erreichte sie den Waldrand – jedes Mal an einer anderen Stelle, und jedes Mal hatte sie keinen Hehmann gesehen. Jedes Mal machte sie dann wieder kehrt, mit dem festen Willen, diesmal besser hinzusehen. Sie spähte in zahllose Wipfel (und entdeckte einen klopfenden Specht und zwei eilige Eichhörnchen). Sie spähte in Wurzellöcher, in denen Käfer krabbelten. Sie fand einen uralten Baumstumpf, der schon zerfiel, zerrieb sein feuchtes Holz zwischen den Fingern und dachte: Mulm. Sie zerstreute Laubhaufen mit den Füßen, um zu sehen, ob sich vielleicht ein winziger Hehmann darin verbarg.

Aber der Hehmann war nirgends. Hatte er sich wirklich zum Sommerschlaf gelegt? Fast war es, als gäbe es ihn nicht mehr.

Nemi lief immer schneller durch den Wald, von der Birke zur Senke zum Pfad und zurück, bis sie schließlich atemlos die Rückseite der Waldkapelle erreichte. Vor ihr ragte wie-

der die rote Backsteinwand auf. Darüber der Dachfirst und im Dachfirst
das große, schillernde Spinnennetz. Nemi holte Luft und umrundete die Kapelle, wobei sie
ihre Fingerspitzen über die
rauen Backsteine gleiten ließ.
Die Bank unter der Eiche
war leer, dafür stand jetzt
die Kapellentür offen. Drinnen leuchtete ein warmes
Licht.

Nemi hockte sich auf die
Bank, um zu verschnaufen, das
Matheheft mit ihren Bildern auf
den Knien. Sie sah in die Eiche hinauf,
aber sie nahm kaum etwas wahr. Sie
hatte jetzt schreckliche Angst um den
Hehmann. Sie hatte plötzlich das Gefühl,
er werde nie mehr nach ihr rufen. Konnte er
so klein werden, dass er vollkommen verschwand?

Die Schritte auf den Stufen hinauf zur Kapelle
hörte Nemi nur mit halbem Ohr. Nicht anders

das raschelnde Laub. Nemi wurde erst aufmerksam, als sich ein Schatten auf sie legte. Die alte Frau setzte sich wortlos neben sie. Eine Weile sahen sie nun zusammen in die Eiche. Nemis Atem ging langsam ruhiger. Besser fühlte sie sich nicht.

»Du hörst ihn auch, oder?«, fragte die alte Frau nach einer ganzen Weile. Den Blick hatte sie immer noch in die Eiche gerichtet.

Nemi wusste genau, dass die alte Frau vom Hehmann

sprach. Es überraschte sie zwar, aber sie war sich vollkommen sicher.

»Ich hör ihn eben nicht mehr«, sagte Nemi. »Ich hab ihn gehört, aber jetzt hör ich ihn nicht mehr. Er hat aufgehört zu rufen, glaube ich.« Sie sah die alte Frau an. Die alte Frau sah immer noch in die Eiche.

»Oh«, sagte sie. »So leicht lässt er sich nicht unterkriegen.« Sie lächelte leise. »So leicht nicht.«

»Dann wird er wieder rufen?«, fragte Nemi. »Ganz sicher?«

Die alte Frau nickte. »So sicher, wie da die alte Eiche steht«, sagte sie. »So sicher, wie ich hier sitze.«

Nemi blies erleichtert die Backen auf. Ihr Blick wanderte von der alten Frau zurück in die Eiche. Die Sonne stand im Wipfel. Unter der Eiche raschelte es. Eine Amsel hüpfte vorbei.

»Ich«, sagte die alte Frau, nachdem sie beide lange geschwiegen hatten, »hör ihn schon mein ganzes Leben.«

Nemi sah sie wieder an. Das hatte sie nicht erwartet.

»Seit ich klein war, hör ich ihn«, sagte die alte Frau. Erst jetzt drehte sie Nemi das Gesicht zu. »Heh«, sagte sie leise. »Heh.«

Nemi nickte und strich einmal über das Heft auf ihren Knien. »Es geht ihm nicht gut«, sagte sie.

»Nein.« Die alte Frau stützte beide Hände auf die Knie. »Er hat große Sorgen.«

»Können Sie ihm helfen?«, fragte Nemi.

»Vielleicht können wir ihm zusammen helfen«, sagte die alte Frau. »Aber ich glaube, du hilfst ihm schon.«

»Womit denn?«, fragte Nemi. Sie hatte nicht das Gefühl, dem Hehmann eine Hilfe zu sein.

»Was hast du da eigentlich für ein Heft?«, fragte die alte Frau.

»Da sind bloß Bilder drin«, sagte Nemi. »Ich hab ein bisschen was gemalt. Schmetterlinge und so.« Sie hielt das alte Matheheft ein bisschen fester, um es ja nicht aufzublättern.

»Ach so«, sagte die alte Frau.

Schließlich machte Nemi wieder den Mund auf. »Er glaubt, dass wir ihn vergessen haben«, sagte Nemi. »Er fühlt sich allein. Deswegen ist er so durcheinander.«

»Aber du hast ihn doch gar nicht vergessen«, sagte die alte Frau.

»Nein«, sagte Nemi. »Aber außer mir kenne ich keinen, der ihn kennt.« Sie stockte und verbesserte sich. »Außer mir und Ihnen.« Und als die alte Frau nichts darauf sagte, fuhr sie fort: »Vorgestern, als die Arbeiter gekommen sind, da unten in der Senke – haben Sie ihn da auch stehen sehen? Riesengroß? Am Waldrand?«

Die alte Frau nickte.

»Die Männer haben ihn aber nicht bemerkt«, sagte Nemi.

»Nein«, sagte die alte Frau. »Die nicht.«

»Und meine große Schwester hat ihn auch nicht gehört«, sagte Nemi. »Wir haben da drüben an der Bushaltestelle gesessen. Auf der anderen Seite des Walds. Ich hab den Hehmann gehört und sie nicht.«

»Ja«, sagte die alte Frau. »Früher war es leichter, ihn zu hören. Und noch früher, viel früher, haben ihn vor allem die Waldarbeiter gehört.«

»So?«, sagte Nemi.

»Oh ja«, sagte die alte Frau. »Wenn sie mit ihren Sägen und Äxten in den Wald gegangen sind, um Holz zu machen. Du kannst dir bestimmt vorstellen, was da los war. Wenn sie anfingen, die Bäume zu fällen und das Holz aus dem Wald zu schaffen.«

»Heh!«, machte Nemi den Hehmann nach. »Bestimmt war er schrecklich wütend.«

»Und wie!«, sagte die alte Frau. »Die Waldarbeiter haben sich schrecklich vor ihm gefürchtet!«

»Sie haben ihn gesehen?«, fragte Nemi. »Früher konnten sie ihn sehen?«

»Auf jeden Fall haben sie ihn gehört«, sagte die alte Frau. »Von ihnen hat er jedenfalls seinen Namen bekommen. Sie haben viele Geschichten vom Hehmann erzählt. Kann aber auch sein, dass sie vom Heimann erzählt haben. Oder vom Hagmann. ›Hei‹ oder ›Hag‹, das sind alte Wörter für den Wald. Der Hehmann hatte viele Namen.«

»Alles, was wichtig ist, hat viele Namen«, sagte Nemi bestimmt. »Manchmal kennen wir sie nur nicht mehr.« Sie nickte und dachte an das Lied vom Eichelhäher, das der Hehmann erst vergessen hatte und das ihm dann zum Glück wieder eingefallen war. »Hei«, sagte Nemi dann. »Hag.«

Die alte Frau lächelte. »Oder ›Hain‹. Oder ›Forst‹. Oder ›Tann‹. Oder ›Loh‹.« Sie legte Nemi eine Hand auf die Schulter. »Hast du noch einen Moment Zeit? Ich würde dir gern etwas zeigen.«

In der Kapelle roch es nach Stein und Holz und Kerzen. Die Fenster an beiden Seiten waren bunt bemalt und tauchten den Raum in warme Farben. Auf den Fensterbildern waren lauter Heilige zu sehen. Männer und Frauen in sackartigen Kleidern mit einem leuchtend gelben Heiligenschein fingerbreit über dem Hinterkopf.

Die alte Frau führte Nemi zwischen den Kirchenbänken hindurch zum kleinen Altarraum, wo Nemis Schwester mit dem Chor gesungen hatte. Links davon ragte eine kleine Kanzel aus dunklem Holz in den Raum. Sie hatte ein bisschen Ähnlichkeit mit einem Eierbecher, auch wenn sie natürlich viel größer war.

Nemi und die alte Frau blieben vor der Kanzel stehen.

»Siehst du ihn?«, fragte die alte Frau.

»Wen?«, fragte Nemi. Sie betrachtete die Kanzel und die wenigen gewundenen Stufen, die zu ihr hinaufführten.

»Den Hehmann«, sagte die alte Frau.

Nemi war verwirrt. Versteckte sich der Hehmann etwa in der Kapelle? »Er ist hier?«, fragte sie verblüfft. »Wo?«

Die alte Frau zeigte unter die Kanzel. Weil alles in der Kapelle so klein war, hing die Kanzel nicht sehr hoch. Ein Erwachsener hätte mühelos zu ihrem oberen Rand hinaufreichen können. »Da. Unter der Kanzel. Schau doch.«

Nemi blinzelte. Jetzt sah sie es. Die Kanzel schien, obwohl sie doch an der Wand befestigt war, auf einem Kopf zu ruhen, der an ihrem untersten Ende in das dunkle Holz geschnitzt war. Und dieser Kopf sah wirklich wie der Kopf des Hehmann aus! Grün angemalte Blätter quollen ihm aus dem Mund und formten einen wilden, grünen Bart, bevor sie sich an den Schläfen wieder den Kopf hinaufrankten und ihm dann von der Stirn zurück ins Gesicht fielen.

Rund und rund, dachte Nemi.

»Du kannst ihn anfassen, wenn du willst«, sagte die alte Frau.

Ein wenig schüchtern trat Nemi an die Kanzel und streckte die Hand nach dem Hehmann-Kopf aus. Sie strich über das glatte Holz der Nase und die gewölbten Wangen und fuhr dann mit dem Finger die grün angemalten Blätter nach. Dieser Kopf war auch einmal ein Baum gewesen.

»Ist das wirklich der Hehmann?«, fragte Nemi.

Sollten in Kirchen nicht eigentlich die Bilder von Heiligen sein? Sie warf einen schnellen Blick zu den bunten Fenstern hinüber. Die Heiligen dort sahen wirklich ganz anders als der Hehmann aus.

»Die meisten nennen diesen Kopf den Grünen Mann«, sagte die alte Frau. »Aber so wird er nur genannt, weil niemand so recht weiß, wen er darstellen soll und wie er hierherkommt. Aber wer sonst als der Hehmann könnte es sein? Erkennst du ihn nicht wieder?«

»Doch«, sagte Nemi. »Er sieht ja genau so aus.«

»Nicht wahr«, sagte die alte Frau. »Und jetzt kommt das Komische: Es gibt ihn in ganz vielen Kirchen.«

»Unseren Hehmann?«, fragte Nemi.

»Oh ja«, sagte die alte Frau. »Er ist überall. Nicht nur in Kirchen. Es gibt ihn auch an den Fassaden alter Häuser. Oder an Brunnen. Wenn man erst auf ihn aufmerksam geworden ist, findet man ihn an allen möglichen Orten. Und wenn man dann fragt, wer das ist, weiß es niemand so genau. Verstehst du, was ich sagen will?«

Nemi strich immer noch über das Hehmann-Gesicht aus Holz. »Nein«, sagte sie. Sie konnte sich das alles nicht erklären. Der Hehmann in der Kapelle! Als ob er ein Heiliger wäre!

»Ich will sagen, dass die Menschen ihn nicht vergessen

haben«, sagte die alte Frau. »Eigentlich wissen wir noch sehr gut, dass es ihn gibt. Es ist uns nur nicht mehr bewusst. Wir denken nicht mehr daran. Aber tief drinnen kennen wir ihn doch.«

»Aber hier drinnen ist alles alt«, sagte Nemi. »Es ist lange her, dass jemand diesen Kopf geschnitzt hat.«

»Nein«, sagte die alte Frau und lachte. »Meine Mutter konnte sich noch erinnern, wie diese Kapelle gebaut wurde. Die Eiche da draußen – die ist alt!«

Jetzt musste Nemi auch lachen. Sie hatte wie ein Schmetterling gedacht. Hatte man es mit dem Hehmann zu tun, musste man wie ein Baum denken.

»Außerdem«, sagte die alte Frau, »hast du ihn doch erkannt, oder? Vielleicht müssen wir den Grünen Mann nur ein paar mehr Leuten zeigen. Vielleicht bemerken sie den Hehmann dann auch im Wald.«

»Vielleicht«, sagte Nemi. In der Hand, die nicht den Hehmann-Kopf streichelte, hielt sie immer noch ihr Matheheft. »Ich muss jetzt nach Hause«, sagte sie. »Danke, dass Sie ihn mir gezeigt haben.« Sie ließ den Hehmann-Kopf los. Zusammen mit der alten Frau ging sie zwischen den Kirchenbänken hindurch zur Tür und trat nach draußen.

Die alte Eiche stand groß und schön vor der Kapelle. Der Bus hielt gegenüber und machte stöhnend die Türen auf.

Nemi hörte es erst, als sie den Bus nicht mehr hörte. Es war leiser als jemals zuvor.

»Heh!«, rief es aus dem Wald.

»Heh!«

Es war wie ein weicher, warmer Wind an ihrem Ohr.

Nemi wollte gleich loslaufen. Den Hehmann suchen.

»Warte!« Die alte Frau hörte die Rufe auch. Sie hatte Nemi am Arm gefasst. »Es ist spät«, sagte sie. »Geh morgen wieder hin. Und wenn du ihn gefunden hast, bringst du ihn her, hörst du?«

Nemi dachte an den Grünen Mann unter der Kanzel. An das Rund und Rund der Blätter um seinen Kopf. Sie nickte. »Das mache ich«, sagte sie.

SIEBTER
TAG

Es war Sonntag und Nemi hatte sich alles genau ausgedacht. Gleich nach dem Frühstück, als alle anderen noch ihre Schlafanzüge trugen, lief sie die zwei Stationen zu Fuß – bis zu der Bushaltestelle, wo sie am Montag zusammen mit ihrer Schwester gesessen hatte. Sie setzte sich auf die Bank, auch genauso wie am Montag. Dann betrachtete sie den Löwenzahn, der nebenan im Rinnstein wuchs. Sie brauchte nicht lange zu warten.

»Heh!«, rief es.

»Heh!«, rief es aus dem Wald.

Nemi sprang auf. Bald stand sie auf dem weichen, federnden Boden des Trampelpfads und spitzte die Ohren. Als sie weiterging – den Rufen nach –, wippte der Rucksack auf ihrem Rücken. Er klapperte nicht. Es war bloß ihr altes Matheheft darin. Gestern Abend hatte sie den Grünen Mann in der Kapelle gemalt. Sie hatte die ganze Seite mit seinem Gesicht gefüllt. Sie hatte nichts weiß gelassen. Der Grüne Mann war überall.

»Heh!«, rief es.

»Heh!«, rief es wieder aus dem Wald.

Nemi klemmte die Daumen hinter die Rucksackgurte und ging weiter. Das Sonnenlicht rieselte auf sie herab. Es tropfte durch die Baumwipfel hoch über ihr. Es sprenkelte den torfigen Pfad und rann warm über ihre Wangen und ihre Stirn.

Ein Schmetterling trudelte vorbei, fast schwarz, mit weißen Flecken an den Flügelspitzen und zwei leuchtend orangefarbenen Streifen.

»Ein Admiral«, sagte Nemi leise. Sie sagte es, wie man jemandes Namen sagt, wenn man ihn auf der Straße erkennt.

Dann verließ sie den Pfad. Sie hatte jetzt ihre eigenen Pfade. Sie wusste ganz genau, wohin.

Rund und rund, dachte sie. Wie die Ringe eines Baums.

Das Unterholz wurde jetzt dichter. Sträucher machten sich zwischen den Bäumen breit. Junge Bäume fingerten ins Licht und eine Buche war umgestürzt. Genau hier hatte das sonderbare Gesicht am Montag über den Baumstamm gelugt. Und genau hier würde sie den Hehmann heute wiederfinden. Nemi war sich ganz sicher, dass es so war.

Jeder Tag, jede Woche, jedes Jahr war ein Kreis.

»Hehmann?«

Er hatte doch bis eben noch gerufen! So deutlich wie eine gurrende Taube. So hartnäckig wie ein klopfender Specht.

»Hehmann?«

»Hehmann, ich bin's.«

Hatte er sie vergessen? Stand er vielleicht wieder hilflos am Waldrand und brüllte Autos an? War er doch so schlimm geschrumpft, dass man ihn nicht mehr finden konnte?

Gebückt lief Nemi am umgestürzten Stamm entlang. Sie hatte zwei gute Augen. Sie konnte die kleinsten Dinge erkennen. Jeder konnte das, wenn er wollte. Man musste nur aufhören, stur nach vorne zu sehen. Man musste nach unten gucken. Und bedächtig wie eine Schnecke sein.

Nemi ging auf die Knie. Sie strich mit der flachen Hand über das Laub. Sie scharrte wie eine Amsel darin. Sie bohrte den Finger wie einen Wurm in die weiche Erde. Sie robbte ein Stück und steckte ihre Nase in ein Büschel Gras, das so ganz anders war als der Rasen zu Hause im Garten.

Nemi lag jetzt flach auf dem Bauch. So musterte sie einen hoch aufgeschossenen, strohfarbenen Halm und dann einen sattgrünen, untersetzten, mit breitem, saftigem Blatt. Sie musterte ein kissenartiges Büschel und einen Halm mit Ähren an der Spitze, die wie Getreide aussahen. Der Fleck, den Nemi betrachtete, nahm nicht mehr Raum ein, als es brauchte, um ihren Rucksack abzustellen, und doch schien hier ein kleiner Wald im großen zu wachsen.

»Heh«, flüsterte der Hehmann.

Nemi hörte ihn, aber sie sah ihn nicht. Sie musste genauer hinsehen. Genauer.

»Heh!« Der Hehmann war nicht lauter als eine brummende Hummel.

Nemi drehte sich ein wenig. Der Hehmann stakste durch ein Büschel Moos. Er war nicht größer als ein Mistkäfer. Er blieb stehen und verschränkte die winzigen Arme vor seiner winzigen Brust. »Was willst denn du hier?«, fragte er.

»Tja«, sagte Nemi. »Du hast mich gerufen.«

»Na und?« Der Hehmann legte den winzigen Kopf mit dem winzigen Bart schief. »Als würde das irgendwen kümmern.«

»Mich kümmert es«, sagte Nemi. »Das weißt du doch. Ich bin die ganze Woche zu dir gekommen. Jeden Tag. Nur gestern habe ich dich nicht gefunden.«

»Ach ja?«, sagte der Hehmann. Heute schien er ganz besonders verwirrt zu sein. Aber ein leiser Zweifel klang doch in seiner Stimme mit. Offenbar hielt er es immerhin für möglich, dass Nemi die Wahrheit sagte.

»Oh ja«, sagte Nemi deshalb mit fester Stimme. »Du hast mir das Lied von den Bäumen vorgesungen und das Lied von den Namen des Eichelhähers.« Sie versuchte, es nachzusingen:

Ich bin, was immer ich dir sage,
ich bin genau das, was du hörst,
denn der Name, den ich trage,
ist, was ich rufe, wenn du störst.

»Stimmt«, sagte der Hehmann, wobei Nemi nicht genau wusste, was er damit sagen wollte. Stimmte es, dass er ihr das Lied vorgesungen hatte, oder stimmte es, dass sie störte?

»Ich habe dir auch das Lied von den Schmetterlingen vorgesungen«, sagte der Hehmann auf einmal. Er ließ sich ins Moos plumpsen. Er ließ den Kopf hängen. »Ach«, sagte er.

Wurde er etwa noch kleiner? Nemi wurde unruhig. Sie musste jetzt schnell das Richtige sagen. Sie musste ihn aufmuntern. Sonst würde er nie mit ihr zur Kapelle gehen!

»Ich habe einen Admiral gesehen«, kam es im nächsten Augenblick aus ihrem Mund. »Gerade eben. Auf dem Pfad.«

Der Hehmann sah sie ungläubig an. Dann stahl sich ein Lächeln in seinen winzigen Bart und seine winzigen Augen fingen zu leuchten an wie ein sonnenbeschienener Bach. Der Hehmann wurde auch rasend schnell größer. Wie ein Halm schoss er aus dem Mooskissen, bis er so groß wie ein kleiner Junge war.

»Und ich hab ein neues Bild für dich gemalt!«, rief Nemi. Sie setzte ihren Rucksack ab und zog das Matheheft heraus. Raschelnd blätterte sie es auf.

Der Hehmann kam ein Stück näher. Er lehnte sich sogar auf Nemis Unterarm. Jetzt konnte er die Schmetterlinge fliegen sehen. Da war der Kleine Fuchs. Da flog das Pfauenauge. Der Admiral. Der Bläuling. Und hoch oben, ein bisschen grünlich, flog der Gelbringfalter.

Der Hehmann summte das Lied von den Schmetterlingen. Aber es klang nicht mehr ganz so traurig wie gestern.

Nicht weit entfernt krätschte ein Eichelhäher, der auch ein Jäck und Markwart war.

»Ich würde dich gerne wohin mitnehmen«, sagte Nemi zum Hehmann. »Heute sind wir eingeladen.«

»Lieber nicht«, sagte der Hehmann und schrumpfte wieder ein kleines Stück. »So gut kenne ich dich auch nicht.«

»Aber ich kenne dich«, sagte Nemi.

Der Hehmann überlegte. Er fuhr sich durch seinen rauschenden Bart. »Ein bisschen«, sagte er. »Du kennst mich ein bisschen. Es dauert lange, bis man sich kennt.«

»Stimmt«, sagte Nemi. »Aber für mich ist lange kürzer als für dich. Ich hab nicht so viel Zeit wie die Bäume.« Sie lachte. »Und ich hab auch nicht so viel Geduld.«

»Aber ich kann nicht«, sagte der Hehmann. »Ich muss doch auf den Wald aufpassen.«

»Ich weiß«, sagte Nemi. »Ich hab es nicht vergessen. Wir gehen nur bis zur Kapelle.« Sie stand auf und streckte dem Hehmann die Hand hin. Er war so viel kleiner als sie. Er war ein schüchterner Junge mit knisterndem Bart.

»Ich finde heraus, warum es nur noch so wenige Schmetterlinge gibt«, sagte Nemi. »Ich werde jemanden fragen. Ich frage, was man machen kann, damit sie wiederkommen.«

Der Hehmann streckte ihr die Hand entgegen. Fünf dünne Zweige schlossen sich um Nemis Finger.

Zusammen gingen sie unter den Bäumen hindurch. Das Laub raschelte unter ihren Füßen. Schlanke Gräser streiften ihre Beine. Vor ihr winkte ein einzelner Halm. Nemi war

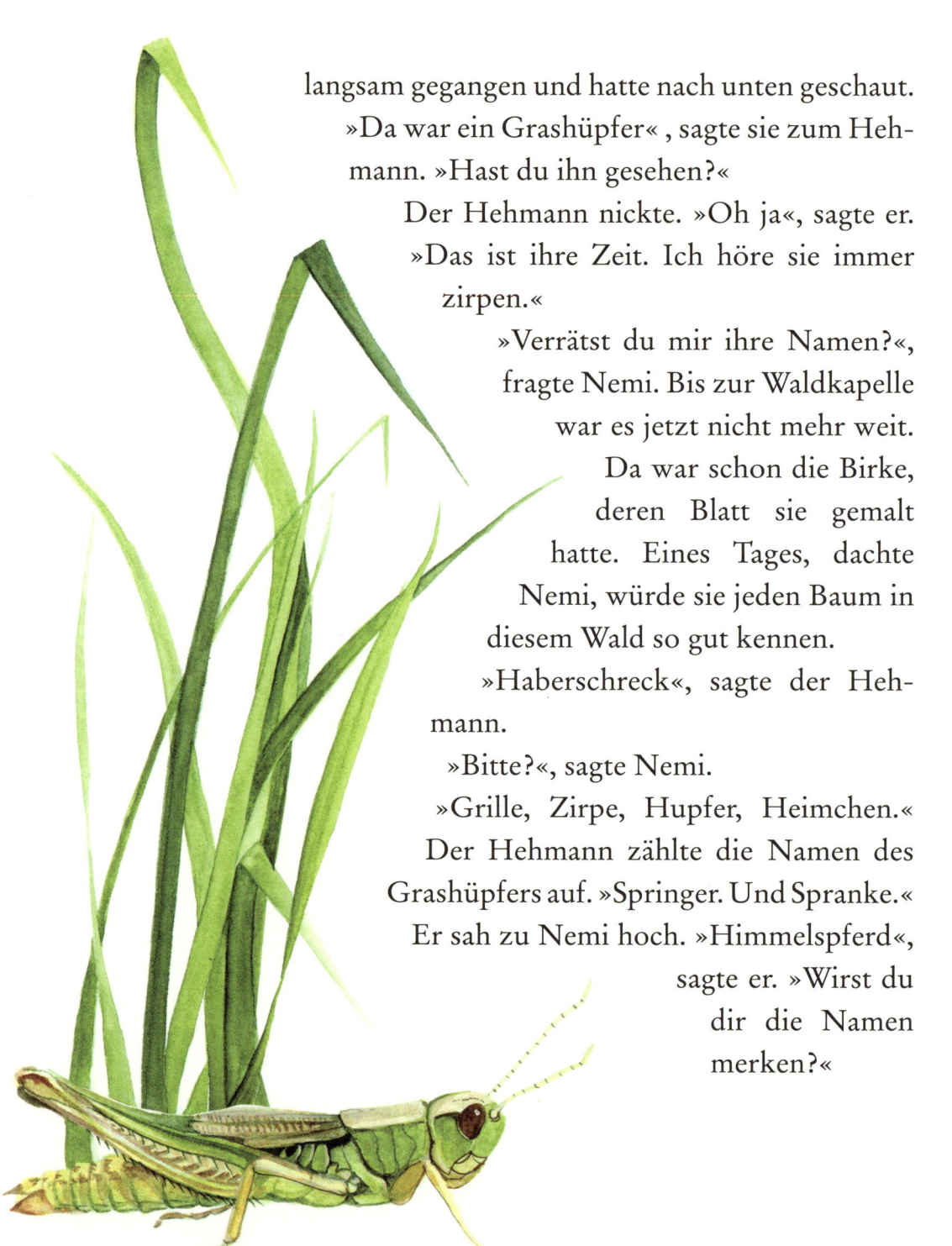

langsam gegangen und hatte nach unten geschaut.

»Da war ein Grashüpfer« , sagte sie zum Hehmann. »Hast du ihn gesehen?«

Der Hehmann nickte. »Oh ja«, sagte er.
»Das ist ihre Zeit. Ich höre sie immer
zirpen.«

»Verrätst du mir ihre Namen?«,
fragte Nemi. Bis zur Waldkapelle
war es jetzt nicht mehr weit.
Da war schon die Birke,
deren Blatt sie gemalt
hatte. Eines Tages, dachte
Nemi, würde sie jeden Baum in
diesem Wald so gut kennen.

»Haberschreck«, sagte der Hehmann.

»Bitte?«, sagte Nemi.

»Grille, Zirpe, Hupfer, Heimchen.«
Der Hehmann zählte die Namen des
Grashüpfers auf. »Springer. Und Spranke.«
Er sah zu Nemi hoch. »Himmelspferd«,
sagte er. »Wirst du
dir die Namen
merken?«

Nemi nickte. Vor ihnen ragte die Backsteinwand der Kapelle auf. Im Dachfirst schillerte das Spinnennetz.

»Da rein?«, fragte der Hehmann und sah die Kapellenwand hinauf. »Ich weiß nicht. Ich fühle mich nicht wohl in Häusern. Und bestimmt lassen sie mich auch gar nicht rein.«

Nemi dachte an den Grünen Mann, der in der Kapelle die Kanzel trug. »Doch«, sagte sie. »Lassen sie. Komm jetzt!« Sie zog den Hehmann weiter. Zusammen liefen sie um die Kapelle herum.

Die alte Eiche stand groß und schön. Die Tür der Kapelle war offen. Drinnen leuchtete das gleiche warme Licht wie am Tag zuvor. Es fiel durch die bemalten Fenster.

Vor den Stufen zur Tür hinauf blieben Nemi und der Hehmann stehen.

Nemi hörte Schritte näher kommen, bis schließlich die alte Frau in der Tür erschien.

»Wir werden erwartet«, sagte Nemi.

Die alte Frau nickte dem Hehmann zu wie einem alten Freund.

Der Hehmann senkte scheu den Blick.

»Kommt rein«, sagte die alte Frau.

Der Hehmann rührte sich nicht. »Sicher?«, fragte er nach einer Weile.

»Ganz sicher«, sagte Nemi und nahm ihn mit.

Der Hehmann raschelte, als er die wenigen Stufen erklomm. Er rieselte Laub und kleine Zweige.

Dann stand er zwischen den Bänken im Gang, sah zu den bunten Fenstern auf und verströmte seinen moosigen Geruch, der sich mit dem Geruch von Stein und Holz und Kerzen mischte.

Die alte Frau ging ihnen voraus. Nemi und der Hehmann folgten ihrem langen, weißen Zopf bis ganz nach vorne zum Altar. Der Hehmann zog eine Fahne aus Laub hinter sich her. Es lag im Gang wie hergeweht.

»Schau«, sagte die alte Frau zum Hehmann. Sie war an die Kanzel getreten und legte die Hand auf den Grünen Mann, auf dem die Kanzel ruhte.

Der Hehmann stand lange ganz still. Er betrachtete das Gesicht aus Holz und legte den Kopf schief.

»Bin ich das?«, fragte er schließlich.

»Das bist du«, sagte die alte Frau. »Ich will es dir seit einer Ewigkeit zeigen. Es ist so lange hier, wie ich denken kann.«

»Warum?«, fragte der Hehmann leise. »Warum ist es hier?«

»Es ist hier, weil du wichtig bist«, sagte Nemi. »Wir haben dich nicht vergessen. Es ist hier, weil wir dich nicht vergessen haben.«

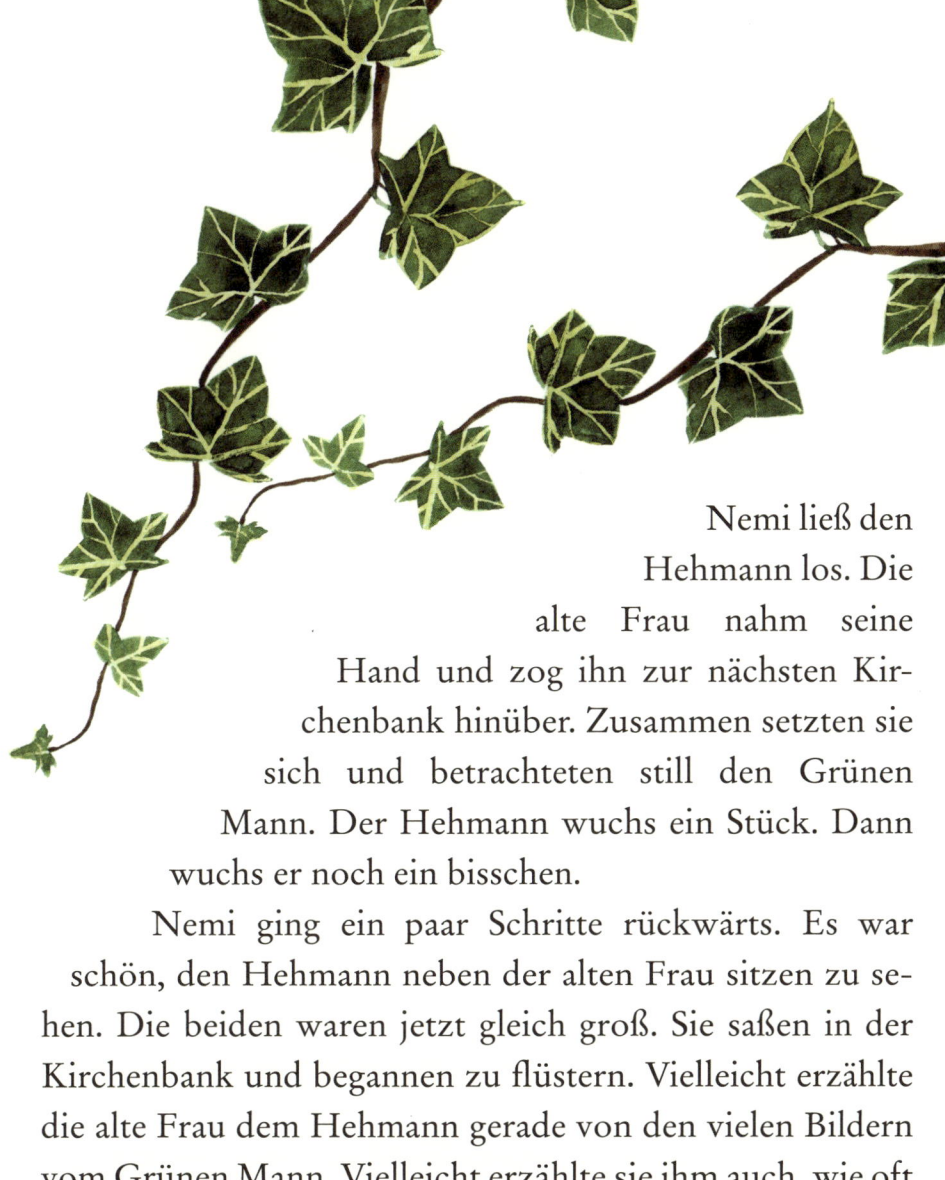

Nemi ließ den Hehmann los. Die alte Frau nahm seine Hand und zog ihn zur nächsten Kirchenbank hinüber. Zusammen setzten sie sich und betrachteten still den Grünen Mann. Der Hehmann wuchs ein Stück. Dann wuchs er noch ein bisschen.

Nemi ging ein paar Schritte rückwärts. Es war schön, den Hehmann neben der alten Frau sitzen zu sehen. Die beiden waren jetzt gleich groß. Sie saßen in der Kirchenbank und begannen zu flüstern. Vielleicht erzählte die alte Frau dem Hehmann gerade von den vielen Bildern vom Grünen Mann. Vielleicht erzählte sie ihm auch, wie oft sie ihn rufen hörte. Und dann sang der Hehmann mit leiser Stimme ein Lied, und diesmal schien es kein trauriges Lied zu sein, denn die alte Frau lachte und stupste den Hehmann an, und der Hehmann hielt seinen pilzigen Hut fest, als würde er ihm sonst vom Kopf geweht, denn natürlich hatte er den Hut in der Kapelle nicht abgenommen – und warum auch?

Nemi zog sich unauffällig zurück, rückwärts auf leisen Sohlen durch den Gang bis in den kleinen Vorraum, wo man für den Erhalt der Kapelle spenden konnte, und dann bis zur Tür. Schließlich trat sie nach draußen, ins helle Licht eines Sonntagmorgens im Sommer. Sie hatte zu tun.

Sie wollte einen Haberschreck malen und die Gräser im Wald und die Jahresringe eines Baums. Sie wollte jemanden fragen, wo die Schmetterlinge geblieben waren und was sie tun könnte, um sie wieder herzulocken. Sie hatte heute ihren ersten Admiral gesehen. Es sollte nicht ihr letzter bleiben.

In der Eiche schimpfte der Eichelhäher. Ein Auto und der Bus fuhren vorbei. In einem der Häuser gegenüber zog jemand ratternd einen Rollladen hoch. Unter der Eiche scharrte die Amsel.

Sie würde den Hehmann nicht alleine lassen, dachte Nemi. Sie würde ihm helfen, dachte sie. Doch dabei würde sie Hilfe brauchen.

Sie stellte sich fest auf beide Beine und holte tief Luft. Und dann rief sie, so laut sie konnte, damit es durch das ganze Viertel schallte.

»Heh!«, rief Nemi, lauter, als sie je zuvor gerufen hatte.

»Heh!«

»Heh!«

Wieland Freund, geboren 1969, lebt mit seiner Familie in Berlin.
Bei Beltz & Gelberg erschienen von ihm zahlreiche Kinder- und
Jugendbücher, unter anderem *Törtel, die Schildkröte aus dem
McGrün, Wecke niemals einen Schrat* und *Die unwahrscheinliche
Reise des Jonas Nichts*. Zuletzt war er 2018 mit *Krakonos* für
den Deutschen Jugendliteraturpreis nominiert.

Hanna Jung, geboren 1992 in der Ukraine und aufgewachsen
in der norddeutschen Stadt Stade, studierte Illustration und
Kommunikationsdesign an der Berliner Technischen Hochschule.
Seit 2016 arbeitet sie als freischaffende Illustratorin im
Berliner Gemeinschaftsatelier *Musenstube*.

Dieses Buch ist erhältlich als:
ISBN 978-3-407-75459-2 Print
ISBN 978-3-407-74974-1 E-Book (EPUB)

© 2019 Beltz & Gelberg
in der Verlagsgruppe Beltz · Weinheim Basel
Werderstraße 10, 69469 Weinheim
Alle Rechte vorbehalten
Illustrationen und Einband: Hanna Jung
Lektorat: Frank Griesheimer
Neue Rechtschreibung
Herstellung und Satz: Viola Felicitas Hessemer
Druck und Bindung: Beltz Grafische Betriebe, Bad Langensalza
Printed in Germany
2 3 4 5 6   23 22 21 20 19

Weitere Informationen zu unseren Autor_innen und Titeln
finden Sie unter www.beltz.de

Wieland Freund

Wecke niemals einen Schrat!

Die Abenteuer von Jannis und Motte

Gebunden, 232 Seiten, vierfarbig illustriert
Beltz & Gelberg (82017)
E-Book (74629)
Ab 9 Jahre

Seit Jannis den Schrat geweckt hat, weicht Wendel nicht mehr von seiner
Seite. Was für ein Pech, glauben Elfen doch, Schrate brächten Unglück. Aber
es kommt noch schlimmer: Der Zauberer Holunder lässt einen gewaltigen
Sturm durch den Wald fegen. Dabei wird nicht nur Jannis' beste Freundin
Motte, sondern auch die Elfenkönigin Titania verweht. Wer kann den Elfen-
wald jetzt noch retten?

»Vielleicht hat Wieland Freund mit seinem Kinderroman einen
künftigen Klassiker geschaffen, so tiefgründig und einfallsreich ist
das Buch.« *Kölner Stadt-Anzeiger*

»Großartig! ... Ein Gesamtkunstwerk auf dem Niveau von Klassikern wie
Otfried Preußlers Wassermann oder Michaels Endes Jim Knopf.« *Bücher*

www.beltz.de

Wieland Freund

Träum niemals
von der Wilden Jagd!

Die Abenteuer von Jannis,
Motte und Wendel, dem Schrat

Gebunden, 232 Seiten, vierfarbig illustriert
Beltz & Gelberg (82081)
E-Book (74618)
Ab 9 Jahre

»Pest, Pocken und Zeckenbefall!« Hungrig erwacht Jannis aus seiner Winter-
ruhe, an Einschlafen ist nicht mehr zu denken. Wendel, der Schrat, beschwört
ihn, im Kobel zu bleiben: Die Geister der Wilden Jagd treiben in den kalten
Raunächten ihr Unwesen! Aber Jannis ist schon unterwegs, durch den Schnee
zu seiner Freundin Motte – die hat sich Vorräte angelegt! Doch Mottes Kobel
ist verlassen …

»Ein Lesevergnügen und Augenschmaus!« *Stuttgarter Zeitung*

www.beltz.de